困った 陰聞き屋 十兵衛5

沖田正午

二見時代小説文庫

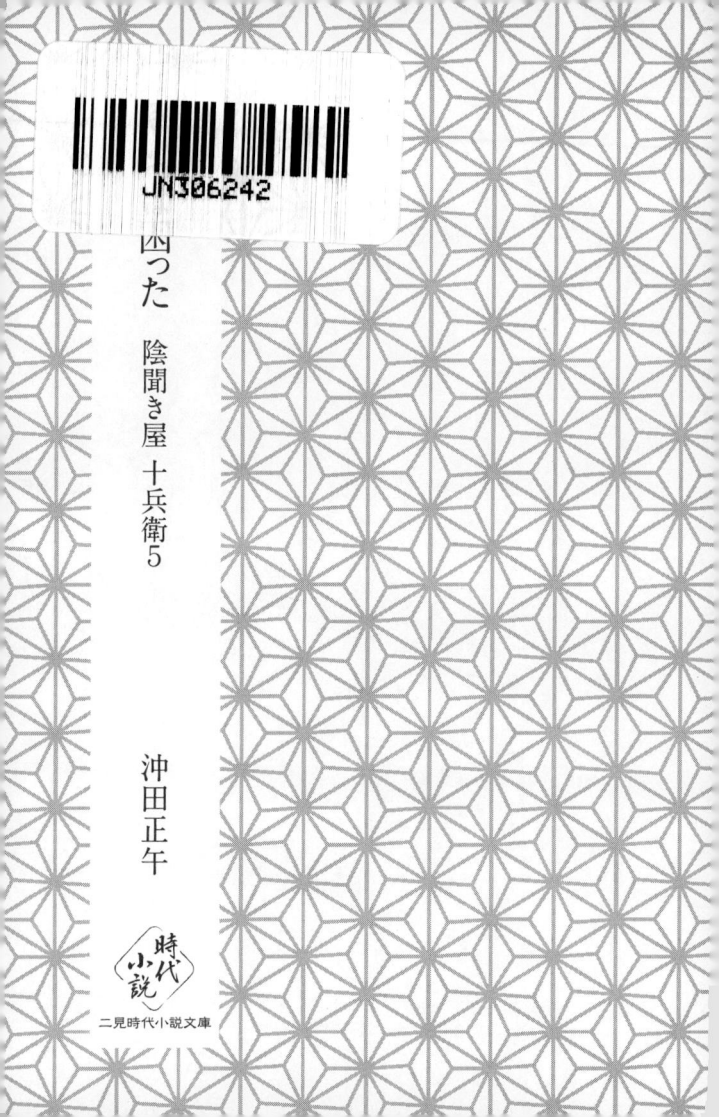

目次

そいつは困った——陰聞き屋十兵衛5

第一章　仇討《あだう》ちの美学

一

とんでもないところで、二人は見込まれたものである。

一方は、主君の仇《かたき》とつけ狙う大名から絶大の信頼を得、はたまた一方は大名の正室《せいしつ》に頼られ、それぞれが警護を任されることになったのだから、話はややこしくなる。

享保《きょうほう》十二年、季節はいく分秋の色が濃くなりはじめたころのこと。

芝露月町《しばろげっちょう》の裏長屋に住む菅生十兵衛《すがおじゅうべえ》のもとに、両替商である武蔵野屋《むさしのや》の主《あるじ》堀衛門《ほりえもん》の使いが来たのはお天道《てんと》様が真南に昇った、正午《ひる》ごろであった。

「十兵衛さん、旦那様がお昼でも食べながらお話があると……お急ぎですので、なるべく早くお越しいただきたいとのことです」

十兵衛とのつなぎは、主《おも》に箕吉《みのきち》という十五歳になる小僧がしている。建てつけの悪い油障子《あぶらしょうじ》の遣戸《やりど》を開けて、箕吉は中に声を飛ばした。

真昼とはいえ日当たりが悪く、部屋の中は行灯《あんどん》の明かりがなければ顔すらはっきり見えぬほど暗い。

「分かった。すぐにまいると、先に行って伝えてくれ」

暗がりの中から十兵衛の声が返った。

「かしこまりました」

箕吉が去ってまもなく、大刀を腰に差しながら外に出てきたのは、上背五尺八寸のがっしりとした体軀《たいく》の男であった。

この菅生十兵衛、黒の小袖《こそで》に黒の伊賀袴《いがばかま》を穿《は》き、黒鞣革《くろなめしがわ》の袖なし羽織を着た、全身黒ずくめの恰好である。総髪を細紐《ほそひも》でもってうしろに束《たば》ね、煙突の煤《すす》でも取り除くような刷毛先《はけさき》の髷《まげ》は、およそ百年前を生きた柳生《やぎゅう》十兵衛を彷彿《ほうふつ》とさせる。

十兵衛が長屋の木戸を出たところで、二人の侍とすれ違った。十兵衛は柿渋が塗られた網代笠《あじろがさ》を被《かぶ》り、侍二人は面相を隠すか深編み笠を被っている。

「……おや？」

裏長屋に侍の訪問は珍しい。もしやと思いながらも十兵衛は、堀衛門からの急ぎの呼び出しに、足を急ぐことにした。

二人の侍は、十兵衛が住む隣二軒手前に立つと、油障子の遣戸を二度ほど叩いた。そして、中へと声をかける。

「いるかな？」

「へい、どなたで？」

障子戸を挟んで、中から眠たそうな声がした。

「おお、猫八《ねこはち》どのいてくれたか。よかった……」

安堵《あんど》する声が、中にいる男に届いた。心張り棒を外《はず》し、遣戸を開けたのは猫目《ねこめ》という名の二十歳になる若者であった。この猫目、忍《しの》びとして育てられ昔から菅生十兵衛の手下《てか》であった。今は、十兵衛の表の仕事である『陰聞き屋《かげきや》』を手伝っている。

相談ごととは何かにつけ陰《いん》にこもるところから、陰聞き屋なる言葉ができた。十兵衛たちは相談を聞いた上で、有料にて、望みならば解決までに導くという仕事を請《う》け負《お》っている。

この日の二人は朝が遅かった。昨夜遅くまで、某商店主の浮気相手探索を内儀《ないぎ》から依頼され、調べにあたっていたからだ。つき止めたまではよいが内儀から泣かれて手間を取り、宥《なだ》めるのに深夜までかかった。

猫目とは、仲間内での通り名である。内に秘めた本性は知られたくなく、外向きでは猫八と名乗っていた。

「ふぁー」

と、大きなあくびをしながら、猫目は外へと顔を出した。

「あっ、松山《まつやま》様に香川《かがわ》様」

深編み笠を取った侍二人の顔に覚えがあり、猫目は大きく開けた口を閉じて頭を下げた。

「先だっては、造作をかけたな。おかげで助かったと、殿《との》が喜んでおったぞ」

機嫌《きげん》のよさそうな声で、松山という侍が言った。

この侍たち、十兵衛や猫目たちが仇討ちとつけ狙う、飯森《いいもり》藩主皆川弾正《みながわだんじよう》の家臣である。十日ほど前であったか、陰聞き屋の仕事の依頼で、飯森藩に脅しをかける輩《やから》を捕まえて難を救ってあげたことがあった。

「それは、ようございました」

猫目の頭の中では、意趣返《いしゆがえ》しという秘めた思いが宿《やど》っている。そこにきての礼である。何用で来たのだろうとの思いが重なり、返す声に張りがなかった。

「いかがしたかな？　元気がなさそうであるが……」

訝《いぶか》しそうに、香川が訊いた。

「はあ、昨夜遅かったものでして。それで、きょうは何か？」

不機嫌な思いをあえて顔に晒《さら》して言う。こんな態度も、猫目の計算ずくであった。藩主の仇を取るのを本懐《ほんかい》に、信濃松島《しなのまつしま》から江戸に出てきた。肚《はら》の中では、またも絶好の機会が訪れるのではないかと、胸が高まるのもたしかであった。そんな思いを微塵《みじん》たりとも外に表してはならない。気持ちの奥を隠すのも、忍びとして赤子のときより育てられた技の一つであった。

「折り入ってまた猫八どのに頼みがあるのだが」

「ここでの立ち話ではなんだ。どこかで、昼めしでも食して話を聞いてくれぬか？」

香川と松山が交互に言った。どうしても引き受けてもらいたいとの思いが、口調に宿る。

「はぁ。それでは少々お待ちを……」

はだけた寝巻きを着替えると言って、猫目は薄暗い中へと入っていく。

「拙者らは、表通りで待っておるからの」

香川は言うと、二人は再び深編み笠を被った。

銀座町《ぎんざちょう》にある両替商武蔵野屋に、十兵衛が着いたのはそれから間もなくのことであった。

「主《あるじ》がお待ちしております」

「遅くなってすまなかったな」

十兵衛は息を切らしながらも、辞令《じれい》として言った。

箕吉に案内され、十兵衛は堀衛門の部屋へと赴《おもむ》く。

武蔵野屋は、旧松島藩との取り引きがあり、その縁から主堀衛門は十兵衛たちのうしろ盾となっていた。仇討ち本懐に肩入れし、江戸での暮らしが立つよう、お膳立てをしてくれた男である。十兵衛が商う陰聞き屋の仕事も、堀衛門の口入《くちい》れによるところが大きい。

この度十兵衛が呼ばれたのも、陰聞き屋としての一環であると思った。

「十兵衛さんがお越しになりました」

障子越しに、箕吉が声を投げた。

「入ってもらいなさい」

いつもの、落ち着いた堀衛門の口調であった。

障子を開けると上座に、若い女が一人座っている。花柄小紋の小袖は、一見して町屋娘のようである。十兵衛は、その娘に見覚えがあった。

「これはまた……」

十兵衛は部屋に入ると、堀衛門の隣に座り一礼をした。町屋娘が上座に座っているのには、理由《わけ》があった。

「御正室様の使いということで、ご内密に……」

あたりをはばかるように、声音《こわね》を落として堀衛門は言った。

十兵衛が向かい合った娘は、皆川弾正の正室 静姫《しずかひめ》に仕える侍女《じじょ》のお幸《こう》であった。上屋敷でいつも着ている矢絣《やがすり》では、外に出ると人目についていけない。目立たぬようにとの配慮であった。

大名の正室の名代《みょうだい》で来たというからには、上座に据えなければならない。

「おお、十兵衛殿か。よくまいられた」

お幸の口調は、静姫になりきっている。

「お待たせいたして、申しわけございませぬ」

十兵衛も、相手を高貴な人と取り深く頭を下げた。

「それで、そちに用というのはのう……」

二十歳をいくらか超えたあたりの娘が、高飛車《たかびしゃ》に出るのは面白《おもしろ》くないが、名代とあらば仕方がない。

「何用で、ござりましょうか？」

十兵衛は小さく頭を下げながらも、思うところがあった。

――また、弾正に近づくことができる。

仇討ちに、絶好の機会が訪れるのではないかと、密かに期待をかけている。

「それでは、御正室様の申される用件をこれから語るが……」

どうもお幸の口調は、正室を気取っているから聞いていてまどろっこしい。忙しい身の堀衛門としては、早く用件を十兵衛に伝えたかった。

「手前から話をいたしましょう」

お幸の言葉を遮《さえぎ》り、堀衛門が口を出した。すでに、用件はお幸から聞いている。堀衛門が、十兵衛のほうに向き直った。

「御正室様の、たっての願いと申しますのはですな、十兵衛様を見込んで差添《さしぞ》えをお願いしたいということなのですな」

堀衛門の、十兵衛に対する口調は丁寧《ていねい》であった。浪人とはいえ武士であることもあるが、以前は世話になっていた松島藩は水谷《みずたに》家の家臣である。齢《よわい》は十兵衛よりもかなり上であったが、堀衛門にはそんなわきまえがあった。

「差添えとは、用心棒のこと……？」

「平たく言えばそうですな。御正室様のお身をお守りする、警護ということです。ご家臣がぞろぞろとついていっては、せっかく水入らずの芝居見物も興《きょう》が冷めるということなんでしょうな」

「水入らずとは……？」

堀衛門の、笑いを含んだ様相に十兵衛は身をいく分乗り出して訊いた。

「明後日、御正室様は藩主皆川弾正様と……」

堀衛門は、皆川弾正という名の部分を少しばかり強調して言った。

「ご夫婦仲睦《なかむつ》まじく、日本橋木挽町《にほんばしこびきちょう》の森田座《もりたざ》にお忍びで芝居を観に行くことになっているのですが、十兵衛さんにはそのとき……」

「御正室様を、お守りすればよろしいということですな？」

血気《けっき》が逸《はや》るか、十兵衛は堀衛門の言葉をみなまで聞かずに口を挟んだ。

「そういうことですな。うしろ側についていてくれとの仰《おお》せですぞ」

それがどういうことを意味するのか、堀衛門の口も興奮気味となった。

仇を討つのにこれほど簡単なことはない。何も策がいらず、向こうから千載一遇《せんざいいちぐう》の機会が訪れてきたのである。

「それで、十兵衛様には御正室様を。お殿様には、別の警護の者がつくそうでございます」

お幸が、侍女の立場となって口を出した。

「別の警護の者ですか？」

額《ひたい》に皺《しわ》を寄せて、堀衛門が訊いた。十兵衛の仕事がやりにくくなるだろうとの気遣いであった。

「はい。お殿様はお殿様で、差添えを雇うそうでございます。それがどなたかとは、存じません」

お幸の言葉で、十兵衛はもしやと思った。先ほど長屋の木戸を出たところですれ違った、深編み笠を被った二人の侍の姿が脳裏《のうり》に浮かんだ。

――猫目のところを訪れたのか。

それが、皆川弾正からの使いであれば、隣に座る用心棒は猫目ということが想像できる。これほどお膳立てがそろった話はないと、十兵衛は顔に笑みが浮かびそうになったのを必死に堪《こら》えた。

十兵衛の頭の中では、すでに皆川弾正仇討ちの図が描かれていた。

「いかがでござる。引き受けていただけるかの？」

お幸が、口調を名代に戻して言った。そして袂《たもと》から紫の袱紗《ふくさ》の包みを取り出す。袱紗の隅を四方に広げると、五両が出てきた。

「差添えの謝礼でござるぞ。前金で支払うので、お受け取りなされ」

金までもらえる。十兵衛はおかしさで腹がよじれる思いとなったが、必死に堪えた。

それでも顔が紅潮してくるのは、どうにもならない。

「いかがなされたか、十兵衛殿？」

顔色の変化をお幸に指摘され、十兵衛は必死に気持ちを平静に戻す。

「いや、なんでもござらぬ。それで、段取りはいかように……？」

話の筋を変えて、ようやく誤魔化《ごまか》すことができた。

二

芝の大通りに出て、猫目は二人の侍のうしろについた。

「どこかで昼めしでも食しながら話すとするか」

猫目の目の前で、松山と香川が話をしている。

「でしたらこの先に、塩鮭《しおじやけ》定食の旨《うま》いのを食わせてくれる店がありますから、そこに行ってみませんか、松山さん」

松山のほうが、上輩である。

二人のうしろで聞いていた、猫目の肩がピクリと動いた。

「もしや『うまか膳《ぜん》』ってところではないか？」

「よくご存じで……」

「以前に一度入って食したことがある。そこにいる娘は、なかなかの別嬪《べつぴん》でな……」

松山が、顔を香川に向けて話している。猫目はそれを聞いて、ぷっと吹き出しそうになったが既《すんで》で堪えた。

「座敷があるので、空いていたらその店でもいいだろう」

芝源助町《しばげんすけちよう》のうまか膳という煮売り茶屋には、五十歳を前にした五郎蔵《ごろぞう》と二十二歳になる菜月《なつき》がいる。この二人も十兵衛の手下で、信濃は松島藩の陰御用役《かげごようやく》として藩主に仕えていたときから、苦楽を共にしてきた仲間であった。

五郎蔵はうまか膳の店主に身を置き、菜月は奉公人もしくは娘という触れ込みとしてある。陰聞き屋も煮売り茶屋も、四人が仇討ちという本懐を遂げるための、世を忍ぶ仮の姿であった。

大通りを北に二町も歩くと、三人はうまか膳の前まで来た。

「おお、ここだここだ」

縄のれんを掻き分け、まずは松山が入った。

「いらっしゃいませー」

元はくノ一と呼ばれる女忍びであった菜月の声が、外にいる猫目の耳に届いた。

「お独《ひと》りさまでしょうか？」

「いや、三人だ。あそこの座敷は空いているか？」

昼前なので客は少ない。奥に、四人が座れる畳敷きの座敷がある。松山がそこを望んだ。

「どうぞ、ご遠慮なく」

「おい、入って来い」

菜月の返しに、松山が外で待つ二人に声を投げた。

あとから入った猫目を見て、一瞬菜月は驚く顔となった。だが、猫目の平然とした様相にすぐに顔を普段のものへと戻した。

「いらっしゃいませ、奥にどうぞ」

三人が座ったところで、菜月は注文を取った。

「おいらは、飛び切りしょっぱい焼き鮭ご膳でいいや」

猫目の注文に、菜月の肩がピクリと動いた。

塩辛い焼き鮭ご膳とくれば、話があるからのちほど二階に集まれとの意味が含まれる、四人だけに通じる隠語であった。猫目が招集をかけた。

「拙者らも、焼き鮭ご膳でよろしいですな？」

香川の問いに、松山はうなずく。三人の注文をもって、菜月は板場へと入っていった。

「猫目が、飛び切り塩辛い焼き鮭ご膳を頼んできました」

飛び切りと強調するのは、急ぎという意味を含む。

「ああ、聞こえてた」

板場の奥での、五郎蔵と菜月の会話であった。

「あの侍二人は、誰なんで？」

「いえ、分かりません。猫目がここに連れて来たのではと……」

「猫目があとでもちかける話ってのは、あの侍たちにかかわることだろう。分かったからと伝えてくれ」

「十兵衛さんにはどうされます？」

「それは、猫目が考えているだろうよ」

五郎蔵は言って、三人分の塩鮭ご膳に取りかかる。塩鮭はすでに焼いてあるので、でき上がりは早かった。

菜月がそれを配膳する。


猫目を前にして、話はすでにはじまっていた。主《おも》に香川の口から用件が語られる。

「わが殿が、猫目どのに目をかけておっての、若いが見どころがあると言っておられた」

十兵衛は静姫から依頼され、猫目は皆川弾正から頼まれて、それぞれから浮気の動向を探ったことがあった。それが元で発展した事件を解決し、飯森藩は難を逃れたのがおよそ十日前。そのときの功績を、猫目は弾正から買われたようだ。

「それほどでは……」

手を頭のうしろに回し、猫目ははにかむ仕草をした。

「できれば、家臣にでも取り立てようかとも言っておったぞ」

「お戯《たわむ》れを……」

とんでもないと、猫目は手と首を同時に振った。

「まあ、それはともかくだ……」

香川の口から用件が話された。

「あっしに、殿様の警護をですか？」

「左様。殿からの、たっての依頼である。とくに旧松島藩の残党が、どこかに潜《ひそ》んでいるかもしれんのでな」

香川が猫目に向けて言ったところで、菜月の声も同時に耳に入った。

「塩辛い焼き鮭ご膳、お待ちどうさま」

わざわざ『塩辛い』とつけるところに意味があった。了解したとの含みがある。

菜月に向き直り、猫目が小さくうなずく。返事に対する返事であった。むろん、その仕草は二人の侍には通じていない。

かしこまりましたと、猫目の返事を聞けばあとは昼めしに移れる。塩鮭ご膳を食しながら、警護の段取りとなった。

「それにしても、塩辛いであるな」

「そこが、旨いのではないか。この脂身《あぶらみ》のところなど、絶品であるぞ」

香川と松山の、他愛もない話となって猫目への依頼ごとはすんだ。そのとき猫目の懐には、十両という金が入っていた。

たった一日、いや半日の警護の報酬が十両とは振舞ったものだ。

大名夫婦の、それぞれの密通を誰にも知られずに、ことなく闇の中に葬った。そのときの礼が含まれているものと取り、猫目は遠慮なく受け取ることにした。

猫目と侍二人がうまか膳を出たあと、少し間をおいたところで十兵衛が入ってきた。

「飛び切り塩辛い塩鮭ご膳をくれぬか」

店は混み合ってきている。十兵衛が含みを込めて菜月に注文を出した。十兵衛も急ぎの用であるらしい。

「かしこまりました。飛び切り塩辛い塩鮭ご膳いっちょうー」

大きな声で、菜月は板場に声を投げた。

「あいよー」

と、中から五郎蔵の声が届き、十兵衛は腰に差してある刀を鞘《さや》ごと外した。

店の中では、客と女中の立場である。十兵衛と菜月の間で、いっさい余計な会話はない。

昼八ツも過ぎ、うまか膳の客が引けたのを見計らって、四人は二階の部屋へと集まった。

普段は菜月が寝泊りするところであるが、ことあらばここが四人の密談の場所となる。

「何かあったんですかい？」

すでに十兵衛と菜月、そして猫目の三人が集まっているところに、五郎蔵が階段を上がってきた。

十兵衛は一度長屋に戻り、猫目とすでに話はしてある。そのときは、互いに驚いたものだ。

「おれは正室から、猫目は弾正から同じ依頼があった」

いきなりの十兵衛の切り出しに、意味が分からず五郎蔵と菜月は訝しげに首を傾げた。

「明後日っていうからあさってだな、大名夫婦がそろって木挽町の森田座に芝居を観に行くのだと。それがこともあろうにおれは正室から、猫目は弾正に見込まれちまって、それぞれから警護の依頼があったってことだ」

笑いが堪えられないといった口調で、十兵衛は語る。

「猫目と一緒に来たお侍は、飯森藩の家臣だったのね」

菜月が得心《とくしん》をしたように言った。

「ああ、そうだ。うまか膳には前にも来たみたいで、あっしがここに連れてこられたって恰好でして」

「ずいぶんと、都合よくいったものだね」

菜月の感心したもの言いであった。

「だがな菜月、用心は怠《おこた》るな。飯森藩の家臣が客で出入りしてたとなると、さらに細心の注意が必要となってくるぞ」

飯森藩にはかかわりがばれてはまずいと、十兵衛は念を押した。

「心得ております、お頭《かしら》」

「菜月、江戸ではお頭って言葉は使うなと言ってるではないか」

「申しわけありません、つい……」

十兵衛からたしなめられ、菜月は素直に頭を下げた。幼少のころより使い慣れてきた言葉である。松島藩水谷家の陰御用役であった名残《なごり》で、ときどき口から出てしまう。

「それにしても、弾正のほうの用心棒が猫目とはな……」

十兵衛の顔がほころびている。

「あっしは、十兵衛さんが正室を警護するってのは読んでましたぜ」

「おれと猫目のかかわりを、正室は知っておるので、そこは気を使わなくてはならんぞ」

だが、正室である静姫の口からは、猫目のことが漏れる心配がない。なぜなら弾正に、浮気の一件が露見してしまうからだ。弾正のほうも、然《しか》りである。夫婦互いが、ここは絶対に口をつぐむところであると、十兵衛は踏んだ。

「元よりですぜ。しかし、これほどいい機会ってのは滅多《めった》に……いや、まったくといっていいほど訪れてはきませんね」

猫目が、感無量《かんむりよう》といった面持ちで言う。

「まったくだな。これを仕損《しそん》じたとなると、末代までの恥となるぞ」

このとき十兵衛の頭の中には、皆川弾正討ち果たしの図しかなかった。

「そんなわけで、あさって森田座で芝居見物をしているときに、仕込み針で弾正のうなじを刺す。診立ては心の臓の発作で死んだことになろう。これで、一丁上がりだ」

十兵衛は静姫のうしろに、猫目は弾正のうしろにつく。そして、ときを見て十兵衛が弾正のうなじに針を刺すというのが、十兵衛が描いた仇討ちの策であった。

主君の仇討ち相手は二人いる。もう一人は、大諸藩主仙石紀房《せんごくのりふさ》であったが、今は国元に戻って江戸にはいない。

　二人いる仇の片方を、これで討ち果たすことができると思い、万感の思いがこみ上げたか十兵衛の顔から笑いが引いて、言葉は嗚咽《おえつ》のこもるものとなった。

「おのれ皆川弾正、一発で仕留めてくれるわ」

「まったく……これでようやく一人……」

　五郎蔵も拳《こぶし》を作り、膝の上に置きながら言う。滅多に見せぬ涙が、手の甲に落ちた。

「お殿様はどんなにお喜びでしょう」

　自刃《じじん》した主君水谷重治《しげはる》の無念を思いやり、菜月も涙する。

「なんだか、あっけないものですね」

　いとも簡単に弾正を仕留めることができるとあって、猫目は複雑な心境であった。

「みんな、苦労をかけたなあ」

　国元である信濃は松島から一年をかけ、物乞いまでして江戸に辿り着いた、あのときの、三人のやつれた姿が十兵衛の脳裏をよぎった。

「お頭《かしら》……いや、十兵衛さんこそ」

　声がのどに支《つか》えて言葉にならない。

「菜月、もういいぞ、何も言わなくても。あさっては抜かりなく、弾正を討ち取ることにする」

十兵衛の決意があった。

「そうだ、十兵衛さん」

ひとしきり感慨が胸に去来したあと、猫目が懐《ふところ》に手を入れ袱紗《ふくさ》の包みを取り出した。開けると十両入っている。

「弾正の警護代ということでして……」

猫目に出されては、十兵衛もしまっとくわけにはいかない。

「おれもこいつを預かった」

五両を差し出す。

「さすが、殿様は倍を出すのですね」

言いながら菜月は十五両を取り上げると、簞笥《たんす》の中へとしまい込んだ。金の保管をするのは、菜月の役目であった。

三

五郎蔵から砥石《といし》をもらい、十兵衛は仕込みの針を鋭利に研《と》ぐ。

「……なるべく針は細くしないといかんぞ」

急所のうなじに深く刺したところで、ポキリと折る。さすれば血も出ないし、傷口も塞《ふさ》がるという寸法の針を作らなくてはならない。

十兵衛は、針研ぎにおよそ一日をかけた。

「よし、できた」

出来上がったのは、翌日の昼近くであった。いい塩梅《あんばい》に研いだ針を行灯の光にかざし、独り大きくうなずく。そこへ、裏の雨戸が叩かれる音が聞こえてきた。

「十兵衛さん、おりますか？」

猫目の声であった。十兵衛は立ち上がると、すぐさま雨戸を開けた。

十兵衛のところの裏側は、年中雨戸を閉めっぱなしである。

このところ飯森藩の家臣の出入りがある。十兵衛と一緒にいるところを見られてはまずいと、猫目は裏から出入りし一際《ひときわ》気を使っていた。

猫目を狭い座敷に上げ、できたばかりの仕込み針を見せる。

「どうだ、この出来栄えは？」

「鋭いですね。これでしたらうなじに刺せば一殺《いちこ》ろでしょうね」

「あとから死体を検《あらた》めても、誰もが心の臓で死んだものとして、疑いはせんだろう」

「まったくですね。ところで、十兵衛さん……」

猫目には、十兵衛のところに来た用事があった。

「なんだ、猫目？」

「あっしは何を着ていったらいいんでしょうね？」

猫目を見ると、いつも同じものを着ている。小袖だか半纏《はんてん》だか分からぬものを腰紐で止め、下はたっつけ袴である。一見は職人にも見えるが、どんな仕事に携《たずさ》わっているか風体《ふうてい》だけでは分からない。

「えっ？」

十兵衛も、考えにおよんでいない猫目の問いであった。

「仮にも一国の殿様の警備でしょ。こんな恰好で、うしろにつくんですかい？」

「かえっていいんじゃねえのか、仰々《ぎょうぎょう》しくなくて。そんな恰好の者が、まさか殿様の命を狙っているとは誰も思いはしねえよ」

「じゃ、これでよろしいですね？」

着ていくものに気を遣っていた猫目は、ほっと安堵の息を吐いた。

「ですが、問題は十兵衛さんですね」

「おれの、どこがだ？」

「その黒ずくめの怪しい形《なり》は、かえって目立つのではないかと。ことを成したあと、一度は疑われるのではないかと思いますが、どんなものでしょうねえ？」

「疑われるだと……なんでだ？　心の臓の発作で死んだのだぞ」

「それはそうですが、あまりの急な死に方ですから、不審に思う人もいるのではと……」

問題は、十兵衛の着姿だと猫目は言う。一世紀前を生きた剣豪柳生十兵衛や宮本武《みやもとむ》蔵《さし》を彷彿《ほうふつ》とさせる当世珍しい姿は、かえって目立つものだ。

「うーむ」

と、一唸りして十兵衛は考え込む。それについては、十兵衛も思い当たる節《ふし》があった。飯森藩家来の松山と香川に、長屋の中で十兵衛の姿は見られている。その姿で行ったとしたら、猫目とのかかわりを疑われるのは必然となろう。夏でも頑《がん》として黒鞣革の袖なし羽織を脱がない十兵衛も、ここは変装も止むをえまいとの気持ちに至った。


芝居見物は、昼の部の興行である。

木挽町の森田座までは、弾正と静姫の警護には家臣たちがつく。二基の大名の忍び駕籠に分かれて乗って森田座へと到着した。

十兵衛と猫目、それぞれが警備に絶大な信頼をおかれているので、芝居小屋の中には飯森藩家臣の警護役は一人もいない。せっかくの芝居にうっとうしいからと、家臣たちは遠ざけられたのである。

「おことと芝居見物ができるなんて、初めてのことであるな」

「まったくでございます」

互いに不義密通はあったものの、それがばれずに済んでこの日の同行と相成った。

「これを機に、行く末も仲睦まじくしていこうぞ」

「わらわからも、お願いいたしまする」

夫婦円満を、弾正と静姫は芝居小屋の桟敷席《さじきせき》で誓い合う。

互いにうしろにつく十兵衛と猫目には、二人とも無関心を装った。やはり、猫目を見ても静姫は知らぬ振りをする。

このとき十兵衛のいでたちは、普段とは違うものであった。鳥の巣に見まがう茶筅髷は、髪結い床で浪人《ろうにん》銀杏《いちょう》に結《ゆ》い直した。天然で具《そな》わる縮れ毛なので、切り先が整っていないのは仕方がない。

古着屋から買った、五つ紋が入った黒羽二重《はぶたえ》の小袖を着流し、虚無的な風貌を作り出している。見た目は、普段とはまったくの別人となった。

——あまり似合わないな。

と思いつつも、猫目は十兵衛に話しかけたりはしない。お互いここでは知らぬ仲なので、口を利くこともなかった。それぞれが、目の前にいる貴人を守るのを役目として、雇われたのである。

十兵衛の、黒羽二重の小袖の襟に、仕込み針を隠してある。芝居が佳境に入ったところが、実行の機ととらえていた。

絶大な人気を博していた市川遠十郎《いちかわえんじゅうろう》が主役を務める演目は『赤穂桜《あこうざくら》忠義之絵巻《ちゅうぎのえまき》』という、二十五年ほど前に実際にあった主君の仇討ちを題材にしたものであった。これを観たいと言ったのは、遠十郎を贔屓《ひいき》にする静姫であった。

柝《き》が入り、芝居がはじまる。

天井《てんじょう》窓は閉められ、客席が暗転となった。舞台だけが明るく浮かび上がり、観客の目が集中する。芝居はおよそ一刻あまりの上演だと聞いている。その間に、仇討ちが決行される。

芝居の場面は、桜が舞い散る下での主君切腹の場となる。浅野内匠頭《あさのたくみのかみ》役の片岡歌之助《かたおかうたのすけ》が、小刀に懐紙を巻いた場面には、主君水谷重治と思いが重なり十兵衛と猫目は固唾《かたず》を呑んだ。

芝居が進み、四十七士が本懐を遂げる仇討ちの場となった。芝居の佳境である。三《しゃ》味線《みせん》と陣太鼓《じんだいこ》で鳴らされる楽曲に合わせ、役者たちが踊るような剣戟《けんげき》を繰り広げている。

猫目の前にいる弾正は、食い入るように舞台を目にしている。

――やるなら今だ。

隣に座る十兵衛の顔を、猫目はのぞき込むようにして見た。しかし、十兵衛になんの動きもない。

――まだ、早いのだな。

芝居は終演に近づいている。吉良上野介《きらこうずけのすけ》が捕らえられ、勝ち鬨《どき》を上げたところで、幕が下りるということを事前に調べていた。

舞台の上では、物置に隠れていた上野介が捕らえられ、義士に取り囲まれている。

芝居最後の場面であった。

討ち取るなら、このとき以外にない。

だが、十兵衛の動きはまだ一向にない。

――十兵衛さん、どうかしたんですかい？

猫目は促したいが、言葉にはできない。訝《いぶか》しげな顔だけが、十兵衛に向いた。すると、十兵衛の顔が横に振られている。

「……十兵衛さん」

猫目が呟いたところで、舞台では勝ち鬨が上がり、やがて芝居は幕が下りた。

天井の明かり取りの窓が開けられ、客席が明かりを取り戻したと同時にざわめく様相となった。

「面白かったのう、静」

弾正が隣に座る静姫に声をかけたということは、まだ生きているのである。

何ごともなく無事に芝居見物ができたと、弾正と静姫それぞれの警護から労《ねぎら》われ、十兵衛と猫目の役目は終わった。

弾正たち飯森藩の一行は、日本橋の目抜き通りからの帰路にあった。

木挽町からの帰路を、十兵衛と猫目は途中までは別々となった。江戸橋を渡り、新《しん》堀《ぼり》沿いを三十間ほど離れて歩く。

二人は仲間だと、飯森藩の家臣たちに思わせたくない配慮であったが、猫目には十兵衛と一緒にいたくない思いも宿っていた。

「せっかくの機会だったというのに、十兵衛さんはなぜ……?」

ぶつぶつと口から出る猫目の独り言は、うしろにいる十兵衛には聞こえない。

「みんなには、すまぬことをしてしまった」

十兵衛は十兵衛で、悔恨が口から漏れる。先を歩く猫目の肩が、心なしか震えているのが分かる。

「怒っているのであろうな……」

これを含めて三度目のしくじりに、もう仲間からの信頼はなくなっただろうと、十兵衛の意気は消沈《しょうちん》をきたす。

「はぁー」

十兵衛にしては珍しい、深いため息まで漏れた。

新堀の対岸は八丁堀《はっちょうぼり》である。向かいに大きな大名屋敷があった。その正門前に橋が架《か》かっている。越中殿橋《えっちゅうどの》は、松平《まつだいら》越中守の屋敷のために架けられた橋のようだ。その橋の西詰めまできたところで、猫目は立ち止まった。

ここまでくれば、飯森藩との遭遇はないと思ったからだ。

歩きながら、十兵衛が手を下さなかったわけを、早く知りたいとの思いに駆られるようになっていた。

越中殿橋から一町ほど先に行ったところに、茶店の幟《のぼり》が立っているのが見えた。猫目はそこで、十兵衛の話を聞こうと思った。

やがて十兵衛が猫目に追いつく。そして、二人は並んで歩き出した。猫目の上気した顔に、十兵衛は言葉をかけられない。ただ前を見据えて、二人は無言で歩く。幟が立った茶店の前まで来た。軒から下がった看板には『焼き団子《だんご》』と書かれてある。

先に声を発したのは猫目であった。

「ここで話を聞きましょうか？」

猫目の声に震えが帯びているところは、怒りが心頭に発しているかのようだ。

「ああ……」

十兵衛は一言返して猫目に従う。葦簾《よしず》の奥に毛氈《もうせん》が敷かれた台がある。夕七ツに近い刻である。昼と夜の間の半端な時限に、ほかに客はいない。場合によっては大声となってしまうかもしれない。話をするのには、好都合であった。

焼き団子と茶を二人分頼んで、十兵衛と猫目は並んで座った。

「どうして……？」

猫目の問いは、その一言に集約されている。

「すまなかったな」

十兵衛としては、まずは詫《わ》びる以外にない。

「謝《あやま》ってもらおうなんて、思ってはいません。どうしてやっつけなかったか、理由《わけ》が知りたいだけです」

「そうだよなあ。猫目に……」

十兵衛が理由を語ろうとしたところで、茶店の婆《ばあ》さんの声が届いた。

「おまちどおさま。これが焼き団子で、これが茶でございます」

「そのくれえ分かってるから、さっさと置いてあっちに行っててくれ。大事な話をしてるんだから」

茶屋の婆さんにまで、猫目は八つ当たりをする。

ごめんなさいよと言って奥に引っ込む婆さんを見て、十兵衛は話をつづける。

「猫目に話しても聞いてもらえるかどうか分からんが……」

十兵衛は言葉を選びながら話しているようで、その口調はゆっくりであった。

「おれはあの芝居を観ていて、ふと感じることがあった」

「芝居に……？」

「そうだ。芝居の演目があれでなければ、おれは弾正を殺《や》っていただろう」

芝居の内容は、赤穂浪士が主君仇討ちの本懐を遂げる話である。十兵衛の頭の中で、芝居と仇討ちが重なっていた。

四

団子にも茶にも手をつけず、十兵衛は話をつづけた。

猫目の皿も、団子は手つかずである。ただ、のどが渇くのか、茶だけは減っていた。

「おれの気が変わったのは、大石内蔵助《おおいしくらのすけ》が叩く山鹿流《やまがりゅう》の陣太鼓の音が鳴ったときだった。それまでは、ここにある仕込み針をうなじにぶっ刺そうとばかり考えていたのだ」

十兵衛は、いまだ襟《えり》に仕込んである針を手で撫でながら言った。

「陣太鼓とこっちの仇討ちと、どうかかわりがあるんですかい？」

腑《ふ》に落ちないとの思いを顔面に表し、猫目が問う。

「話は最後まで、聞いてくれ」

十兵衛の答に、猫目はいく分せり出した体を引かせる。そして、ぬるくなった茶を一口啜《すす》った。気を落ち着けて、十兵衛の次の言葉を待つ。

「陣太鼓の音を聞いてだな、それで顔を弾正のうなじに向けた。そのとき、ふと思ったのだ。このやり方は、仇討ちではないとな」

「仇討ちに、やり方もくそもあるもんなんですかね？」

「ある！」

猫目の問いに、十兵衛は即座に答えた。

「少なくとも、背後から闇討《やみう》ちするのは卑怯千万《ひきょうせんばん》。こんなやり方で遂げたとしても、けっして本懐ではないと芝居が言っているようだった。やはり仇討ちというのは正々堂々と『殿の仇、お命いただきます』と、真正面から向かっていくのが本来の姿であろう」

仇討ちの美学であると、十兵衛は猫目に説いた。

「猫目はそう思わないか？」

「かといって、なにも芝居に感化されることはないんじゃありませんか？」

「猫目の気持ちは痛いほど分かる。五郎蔵も菜月も、十兵衛は甘いと侮《あなど》ることだろうよ。しかしなあ……」

「待ってください、十兵衛さん。あっしもなんとなく分かってきたような気がします」

これまで吊り上がっていた猫目の目尻が下がりを見せた。

「十兵衛さんの気持ちが分からぬうちは、つまらねえ芝居だったと恨《うら》んでましたが、なるほど背後から殺るってのは……」

「仇討ちではなく、暗殺だ。これはずいぶんと違う意味をもつぞ。そんなことをして仕留めたとしても、殿はけっして喜ばれないだろうよ」

駄目を押すように、十兵衛は猫目に説いた。

「まったくそのとおりで。主君の仇と、一応は断りませんと殿様の恨みは晴れませんでしょうからね」

「まあ、そういうことだ。それじゃ、帰ろうか」

団子には手をつけず、婆さんに代金を払うと茶屋をあとにした。やはり、用心のため三十間ほど間を開けて歩く。


芝源助町の煮売り茶屋うまか膳では、五郎蔵と菜月が本懐の首尾を早く聞きたいと首を長くして待っていた。

「もうそろそろ戻ってくるころね」

七ツの鐘が鳴ったところで、菜月が五郎蔵に話しかけた。

店の遣戸には、本日休業の札がかかっている。十兵衛たちと、本懐成し遂げの成功を祝うための膳が、二階に用意してある。

「早く来ないかなあ……」

そわそわと、菜月は落ち着かない。遣戸を開けては、外を見やる。そんな動きが先ほど来《らい》つづいていた。

遠くに猫目が歩いてくるのが見えた。そして、少し離れて十兵衛の姿も。

「帰ってきましたよ、五郎蔵さん」

「そうか……だったら戸に心張り棒をかけて、二階で待つとしよう」

本日休業の札の脇に、もう一枚紙が貼ってある。

『飛び切り塩辛い焼き鮭ご膳　三十文』

猫目は張り紙に書かれた隠語を読んで、うまか膳の裏に回った。

二階に上がると、五郎蔵と菜月が首を長くして待っていた。だが、猫目は十兵衛が来るまで話を待った。

やがて、四人がそろった。

「待たせてすまなかったな」

入ってきた十兵衛の表情からは、仇討ちの首尾がどうだったかはうかがえない。普段と変わらぬ様相に、どっちとも取れる。

「ご苦労様でした。それで、首尾はいかがでした?」

こういうときにせっかちなのが女である。菜月がさっそく問いを投げた。

「この度は、やめることにした」

「なんですって？」

十兵衛の、のっけからの答に、菜月が膝を乗り出して問う。

「これほど仕留めるのが簡単な機会はないと、おっしゃってましたが……？」

問う五郎蔵の口調は落ち着いていた。それなりの理由《わけ》があると、感じていたからだ。猫目の表情からしても、本懐を遂げてきたとは思えないと五郎蔵はとっていた。

「ああ、討ち取るのは簡単であった。だが……」

十兵衛は仇討ちを急遽やめにした理由を語った。

「それとだ……」

十兵衛は、猫目には話していない理由を一つ添える。

「五郎蔵と菜月もなんらかの形で策に加わらなければ、本懐を遂げたとは言えぬだろう。みんなそろっての仇討ちだからな」

「そういうことでしたかい」

「討ち取る機会など、これからいくらだってあるさ。正々堂々とな……」

十兵衛のこだわりに、五郎蔵と菜月も得心《とくしん》をしたようだ。

主君の仇を討ち果たしたときの、祝いの膳が用意してあった。

「きょうのところは、残念会だ。次こそ弾正を討ち取ってやる」

十兵衛の音頭で、その後は新たな意気込みを誓い合うための宴会となった。


それから二日が経った正午前。

猫目の住処《すみか》に、飯森藩家臣の香川が一人訪ねてきた。

「猫八どの、いるかな？」

その声は、この日は仕事がなくて、暇で寝そべる十兵衛の耳にも届いた。

「……飯森藩の家臣か。猫目に何用だ？」

頻繁に来る飯森藩の家臣に、十兵衛は気を煩《わずら》わす。

「へい、おりやすが……」

猫目の声も届く。十兵衛に聞こえるようにと、大きな声を出したのかもしれない。

「折り入って話があるのだが、外で昼めしでも食いながら聞いてもらえんか？」

「へえ、よろしいですが……」

家臣が猫目を訪ねてくるということは、またも弾正討ち取りのきっかけがつかめるかもしれないと、猫目は期待に胸を膨《ふく》らませた。

「それでは、塩辛い焼き鮭を食わせてくれるところに行こうではないか。あの塩辛さは、癖になるでな」

うまか膳に行くのはよいが、猫目は困った。飯森藩の家臣を、あまりうまか膳には連れていきたくない。しかし、猫目が止めたとしても自分たちで出入りするはずだと、ここはおとなしく従うことにした。

ほかに客のいないうまか膳の座敷で、猫目と香川が向かい合う。

「塩辛い焼き鮭ご膳……」

香川の注文を、菜月は先に聞いた。

「煮っ転がしご膳か、塩辛い焼き鮭ご膳で迷ってるんだよね」

迷う振りして猫目は、菜月に向けて隠語を飛ばした。香川の話の如何《いかん》によっては、集まってもらうことになるかもしれないとの意味がこもる。

「きょうは、煮っ転がしご膳でいいや」

かしこまりましたと言って、菜月は去る。そして、板場に入って五郎蔵に小声で伝える。

「どうやらまた飯森藩の家臣が、猫目に話があるようね」

「なんだかあの侍たち、このところしょっちゅう来るようだな」

「塩鮭が気に入ってるみたい。ほかの家臣たちと連れ立ってくることがあるわ。ところで、猫目は煮っ転がしご膳……」

「ということは、話の内容如何によっては集まれってことだな」

「どんな話が、猫目にもたらされるのでしょうね？」

「弾正討ち取りの、絶好の機会であったらいいのだがな」

五郎蔵と菜月が小声で言葉を交わすそのとき、店の座敷では香川の口から猫目に話の中身が告げられていた。

「先日は、ご苦労であったな」

「どういたしまして……」

「殿がな、猫八どのに頼んでくれとの仰せなのだ」

「何をです？」

「御正室様の護衛についた、浪人風の男の素性を調べてくれとの仰せだ」

「えっ？」

猫目の、訝しげな顔が香川に向いた。

「その者を猫八どのは知らんのか？」

「はい。初めて会ったお方でしたので……護衛のほうに気が張って、余計な口は利いていませんでして」

「だろうのう。拙者と松山さんはその浪人の顔を見てないのだが、黒羽二重を着込み、虚無的な感じが漂う男だと聞いている」

「なぜに、藩のほうで探らないのですか？」

「御正室様と通じる男だけに、探っていることが耳に入ってもまずいと言ってな、そこで猫八どのを見込んだってことだ」

「なぜに、その男の素性などを……」

探るのかと、猫目としては一番知りたいところであった。

「どうやら殿は、その男に不審を抱いたようだ」

「不審ですって？」

「おそらく、いつも暗殺に怯《おび》える殿様だけに感じられる、独特な不審感みたいなものなのだろう。猫目どのがいたから助かったとも言っておられた」

香川の意外な話に、猫目は戸惑う。

――十兵衛さんが疑われた。

それだけでも、猫目としては肝《きも》を冷やす思いであった。しかし動揺も見せず、表情を平静なものにできるのは、忍びの者として育てられた訓練の賜物《たまもの》であった。

努《つと》めて平静を装い、猫目は問う。

「御正室様から、相手の素性はお聞きになれませんので？」

「奥方様が信じて雇った者を、不審があると問い質《ただ》してみよ。ようやく仲睦まじくなったものが、またも分裂してしまうぞ。どうしても、御正室様の耳に触れずに調べられるのは猫目どのしかいないのだと、長谷《はせ》様も言っておられた。どうだ、やってくれるか？」

以前熊谷宿《くまがやしゅく》で、猫目の首を撥《は》ねようとしていた、徒歩組《かちぐみ》の長である長谷大介《だいすけ》の信頼を、猫目は逆に受けている。

「うまくいくか分かりませんが、お引き受けいたしましょう」

ここで断ったとしても、誰かに依頼するであろう。かえってそれはまずいと、猫目は承知することにした。

「それで、相手のお名前は？」

「猫八どのは、芝居小屋で聞いておらんか？」

「ですから、警備の間はそのことだけに気持ちが張り詰めておりましたので、名すらうかがっておりません」

「そんなものかのう、まあよい。その者の名から調べてもらいたい。どこに住み、何をしているかってこともな」

「まるっきり、最初《はな》からですか？」

「そういうことだ」

猫目は顔を天井に向け、難儀そうな仕草をした。頭の中では、面倒なことになったとの思いが駆け巡っている。

「それで、その者を探し出したら、どうすればよろしいのでしょう？」

顔を香川に向け直して、猫目が問う。

「名と住処さえ分かれば、あとはこちらでなんとかする」

調べ上げれば、十兵衛には埃《ほこり》がたつ。信濃は松島藩の家臣だったことが知れれば、猫目もろとも一巻の終わりである。

十兵衛調査の依頼が猫目に振られたということは、ある意味不幸中の幸いであると思える。これが他人の手に委《ゆだ》ねられていたとしたら、真剣になって探すであろう。さすれば、すぐさま露見してしまうだろうと猫目は踏んだ。

ここは、五郎蔵と菜月に相談をかけようと猫目は考えた。そこに、菜月が注文の配膳に来た。

「お待ちどおさまでした」

香川の前に、塩鮭ご膳。猫目の前には、煮っ転がしご膳が置かれた。

「あっしも、塩辛い焼き鮭ご膳にすればよかったな」

「そうであろう、猫八どの。この塩鮭は食欲を増すからの、拙者も大好物である」

残念がる猫目に、香川が同情する。しかし菜月は別の意味にとらえていた。猫目が言った言葉を理解した菜月は、猫目に小さく笑みを返した。

五

それから一刻半後の、八ツ半どき。

昼の客が途絶え、夕方まではうまか膳も休みに入る。そのときを利用して、二階で密談が交わされる。

この日は十兵衛を除き、猫目が五郎蔵と菜月に相談をかけた。

香川からもたらされた依頼を、猫目はまず語った。

「なんだと、十兵衛さんを探り出せとか？」

驚く五郎蔵と菜月の顔が、猫目に迫る。

「どうしたら、よいものかと。それで……」

「ずいぶんとややこしい話になってきたね。それで、猫目はどうしようというんだい？」

菜月が猫目に問う。

「分からねえから、訊いているんで。十兵衛さんに話していいものかどうかも迷っている」

「それは、話しておいたほうがいいだろう。知っていれば、それなりの警戒はするだろうからな」

猫目の心境の複雑さに、五郎蔵が一つ答を見い出した。

「いえ、あたしの考えは違います。よろしいですか？」

「ああ、なんなりと意見は言ったほうがいい。それで、菜月はどう思ったのだ？」

「十兵衛さんに話したところで、あの性格でしょ。立ち回りも下手《へた》だし、だから弾正なんかに怪しいと思われるのよ」

珍しく、菜月が十兵衛の批判をした。

「十兵衛さんは、あれでもって不器用なところがあるからな。唯一の欠点といったら、そこだ」

「人としては、申し分のないお方なんですけどねえ」

いないところで、十兵衛の人となりが語られる。

「ここは、猫目の芝居に頼るほかはないわね」

猫目が頼りだと、菜月の顔が向けられる。

「芝居ってのは……」

「十兵衛さんを捜す振りをして、どこまでも惚《とぼ》けるの」

菜月が策をつかわすも、二軒隣に住む十兵衛を、捜し出す振りをするのは容易なことではなさそうな気がすると、猫目は考える。

「幸いにも、相手は十兵衛さんの名も容姿も知らないのでしょ。知っているのは、黒羽二重で虚無感が漂うといったところだけ。普段の十兵衛さんは、とても虚無感を漂わせているとは思えない」

「そうだな、菜月。十兵衛さんが当人だと知っているのは、こちらだけだ。ここは、猫目が惚けるほかにない」

しかし、どこまで惚けられるか、猫目としては心配の限りである。溪谷《けいこく》の上に張られた綱《つな》を渡るような心持ちを、猫目は感じていた。

猫目にとって一番の気がかりなのは、松山や香川が長屋でもって十兵衛と遭遇しないかといったところにあった。

「あっしのところに来る家臣たちは、十兵衛さんの顔を知らないようで。ですが、もし今度長屋でばったり出会いでもしたら、御正室の背後にいた男であるぐらい知れるでしょうよ」

以前すでに、留守であった猫目のところに訪れた松山と香川は、十兵衛と相対したことがある。猫目はそのことを知らない。それともう一つ、猫目は大事なことを失念していた。香川が先刻言っていたことを――。

「あっしがどこかに引っ越しましょうかね？」

含む思いを語って、猫目は言った。

「いや、そうしないほうがかえっていいだろ。余計な動きは、猫目のほうも怪しまれることになるかもしれんしな」

「ここは、十兵衛さんに隠れてもらう以外ないのかしら」

「どこにだ？」

「ここ……」

と言って、菜月は畳を指で差した。

「ここは駄目だ。相手は、塩鮭の虜《とりこ》になっちまったからな」

飯森藩家臣が、客として頻繁に出入りするだろうと五郎蔵は言葉を添えた。

「やはり、ほかに長屋を探したほうが……」

菜月が考えながら言う。

「引っ越したとしても、どうせこの近所だろう。町でばったり会うことも考えられるぞ」

「ですが、今いる長屋ではもっと悪い結果になるかも。いずれは気づかれるでしょうから、そのときは猫目と同じ長屋だということが問題だと……」

「それも、あるよな」

どうしたものかと、猫目は腕を組んで考える。

三人の意見は、堂々巡りを繰り返した。いつまで経っても意見がそろわない。

「ここに十兵衛さんがいれば、まとめてくれるだろうに」

十兵衛抜きでは、話が先に進まないと五郎蔵は言葉を添えた。

「やはり、ここは十兵衛さんにお話ししたほうがいいかもしれませんね」

菜月が、先の意見を覆《くつがえ》す。

結局は十兵衛に語り、考えを聞く方向に話はまとまった。その意見をもって、猫目は露月町の長屋へと戻った。

周囲に飯森藩家臣の気配はないものの、用心深く猫目は裏から十兵衛を訪ねた。

「十兵衛さん、おりますか？」

閉まった雨戸を軽く叩き、十兵衛を呼び出す。

猫目が十兵衛を訪れたのは、お天道さまが西に大きく傾いた夕七ツ半どきであった。

「猫目か？」

中から十兵衛の声が聞こえ、猫目はほっと安堵の息を吐いた。

雨戸が開いて、中から十兵衛が顔を出す。

「これから夕めしを食いに出かけるところだった。どこかで、一杯やるか？」

酒を呑む仕草で、猫目を誘った。

「それどころではねえんで」

いつにない、猫目の真剣な表情である。

「これからは、一緒に町を歩くことは叶いませんぜ」

「歩けないってのは、どういうことだ？」

「実は先ほど……」

猫目は、飯森藩の香川が来たところからの経緯《いきさつ》を十兵衛に語った。

「おれを捜し出してくれだと？」

「そうなんですよ。それでどうしたものかと、五郎蔵さんと菜月姉さんと相談したんですが……」

三人で話したことを、猫目は語る。

「やはり、十兵衛さんの耳に入れておいたほうがいいという結論になりまして……どうも、すいません」

十兵衛抜きで話し合ったことを、猫目は詫《わ》びた。

「そいつは厄介《やっかい》なことになったな。おれはうっかり外にも出られんぞ」

どうしたものかと、十兵衛なりに考える。

「飯森藩の奴らは、おれの顔を知っているからな」

「なんですって？」

猫目の驚く顔が十兵衛に向いた。猫目が留守のときに、居所を訊《たず》ねられたことがある。だから、香川と松山が十兵衛の姿を見れば一目で分かるはずだ。

「芝居の警護のとき、姿を変えて行ったのは本当によかった。弾正の警護の中に、松山と香川がいたかどうか知れんが、どうやらそのときは気づかれなかったようだな」

もし十兵衛のことが露見していたら、猫目になど依頼せず、すぐにでも押しかけてくるはずだ。

「それがないということは……」

十兵衛の言葉で、猫目は失念していた香川の言葉を思い出す。

『拙者と松山さんは、その浪人の顔を見てないのだが……』

――そういえば、上屋敷から芝居小屋へ来た警護の中に香川と松山はいなかった。

その上司である長谷がいたのは分かっている。それと、弾正の忍び駕籠についていた者は三人ほどである。静姫のほうは、また別の警護がついていた。

猫目の顔は、にわかに明るくなった。

「あのときはここに来る二人の家臣は、お付きにはいませんで助かりました」

ようく考えれば、正室と侍女以外は十兵衛の存在を知らないのである。猫目さえ惚けられれば、この先は安泰と踏んだ。

しかし、気がかりなのは正室静姫とその侍女たちである。どこで、十兵衛の名が出るか分からない。

「そのあたりが気がかりなんだが……」

十兵衛は思いの内を猫目に言った。

「それでしたら……」

正室の口から漏れることはないと、香川の言葉を思い出して猫目は言った。

「あとはあっしが捜す振りをして、惚けてりゃよろしいでしょう」

それで済むことだと、十兵衛と猫目はそろって安堵の息を吐いた。

猫目に十兵衛の調べを依頼したとあっては、さらに松山たちの長屋への出入りは増えよう。今のところは十兵衛のことを知られぬものの、いつなんどき露見するかは分からない。

「安心は禁物だぞ」

「ここにいる十兵衛さんは、御正室様の警護にあたっていた十兵衛さんとは今のところ気づかれちゃいません。しかし、この先は分からんですからな」

「万が一のため、おれが住処《すみか》を替えよう。要は、おれと猫目のかかわりを知られてはまずいということだからな。かくなる上は、これしかないだろ」

「どちらに住むんです？」

「うまか膳もよくない。かといって、下手《へた》な長屋にも住めぬ。どうしたら……あっ！」

十兵衛に閃《ひらめ》くと同時に、立ち上がった。

「これから行ってくる」

「どちらに……？」

立ち上がった十兵衛を、見上げる形で猫目が訊いた。

「武蔵野屋だ。当分の間は、陰聞き屋も休業にするぞ」

どこにも住むところがなければ、武蔵野屋の堀衛門を頼る以外にない。

「しばらくは、ここには帰らん」

「あっしとのつなぎは、どうするんで？」

「箕吉を奔《はし》らす」

武蔵野屋の小僧である箕吉ならば、機転が利くと思っている。

「それとだ、あまり香川や松山をここには来させないほうがいい。明日にでも飯森藩に出向き、しばらくの間浪人捜しのために、昼間は留守にすると言えばいいだろ」

十兵衛が猫目に、策を授ける。

「あとは寝転ぼうがぶらぶらしてようが、適当にしてりゃいいだろう。そして、十日もして飯森藩に猫目から再び出向いて言えばいい」

「なんてです？」

「捜していた浪人は見つかったのだが、生憎《あいにく》と下総《しもうさ》は佐原《さわら》のほうに行ってしまったらしいとかなんとか言っとけばいいだろ」

「なるほど、そうしますか」

「こんなことになるんだったら、あのとき仕留めておけばよかったな」

「もう済んだことでして……」

「そうであったな」

猫目の返しに、十兵衛は小さくうなずいて言った。

この先しばらく、武蔵野屋の堀衛門に厄介になろうと十兵衛は長屋をあとにする。

途中、うまか膳に寄って五郎蔵と菜月に今後のことを話すことにした。

「用心のためにも、そうしたほうがよろしいようで……」

五郎蔵も菜月も、賛同をする。

「塩鮭を食いに、そいつらも出入りが激しくなるようだから、くれぐれも用心を怠らないようにな」

うまか膳の二人も、旧松島藩の出であることはひた隠しにせねばならない。ほんのちょっとの油断が命取りになると、十兵衛は忠告をした。

「心得ております」

五郎蔵と菜月は、肚《はら》を引き締める思いで大きくうなずき返した。

六

十兵衛が武蔵野屋の前に立ったとき、暮れ六ツを報せる鐘が鳴りはじめた。お天道様が西の稜線に姿を隠すころである。あたりは暗さを増し、すでに武蔵野屋の大戸は閉まっている。

両替屋だけあって、戸締まりは厳重である。

十兵衛は裏に回って、木戸から入ることにした。しかし閂《かんぬき》がかかって、外からは開けられない。

「もう少し、早く来ればよかった」

と、十兵衛が独りごちたところで中から閂が外れる音がした。ギーッと蝶番《ちょうつがい》の軋《きし》む音がして、中から人が出てきた。十兵衛は路地の陰に入って姿を隠した。

「気をつけて、お帰りくださいませ」

主の堀衛門自らの見送りであった。提灯《ちょうちん》の明かりに浮かぶ相手は、相当高貴な武士と見られる。羽織と袴が金糸銀糸の絹織りで、提灯《ちょうちん》の光が反射して輝いている。人相が分からぬようにとの配慮か、顔は頭巾《ずきん》で隠されている。

「それでは主《あるじ》、よしなに頼んだであるぞ」

「かしこまりました」
二、三言あって、光沢を発した武士は路地から大通りへと向かう。そのうしろ姿が消えるまで、堀衛門はお辞儀をした形で見送っている。
堀衛門が裏木戸を潜《くぐ》ろうとしたところで、十兵衛はうしろから声をかけた。

「ご主人……」

「うわっ！」

いきなり声をかけられ、堀衛門は飛び上がらんばかりの驚きを見せた。

「驚かせたりして、すまない」

相手が十兵衛だと知って、堀衛門は大きく安堵の息を吐いた。

「まったく驚きましたぞ。して、今ごろどうしてここに？」

「ちょっと、折り入って話が……」

「ちょうどよかった。こちらからも話があるので、明日の朝にでも箕吉を奔《はし》らそうと思っていたところでした。さあ、お入りくだされ」

堀衛門が母屋へと、十兵衛を導き入れた。

「今まで客がおりましてな……」

「ずいぶんとご立派なお方のようで」

「ご覧になられたのですか？」

「おかげさんで、中に入ることができた」

ついていたぞと、十兵衛は顔に笑いを含ませて言った。


堀衛門の部屋で、十兵衛と向かい合う。

「夕飯を一緒に摂《と》りながらでも話をしませんか？」

「よろしいので。そいつは、ありがたい」

膳が用意されるまで、十兵衛は堀衛門を訊ねた理由《わけ》を語った。

「そいつはまずいことになりましたな」

語りを聞いての、堀衛門の第一声であった。

「ですが、まだ十兵衛さんの名も素性も知らぬところが幸いでしたな」

「いつなんどき、それが露見するとも限らんので、猫目とは同じところには住めん。それで、しばらく厄介《やっかい》になれないかと。ほかにいい手立てがござらんでな」

「そんなことでしたら、お安うございます。十兵衛さんがいてくれるなら、用心棒としてこちらも安心ですしな。ですが、それよりもっと安堵する話があるのですが

「……」

「ほう、それというのは？」

十兵衛が問うたところで、障子越しに声がした。

「旦那様、夕餉《ゆうげ》の用意ができました」

「入りなさい……」

二人分の膳が用意され、そこには酒も載っている。

「まあ、一献……」

「かたじけない」

杯《さかずき》に酒が注《つ》がれ、十兵衛はぐいっと音を立て呷《あお》った。

「うーっ、うまい」

胸に痞《つか》えていたものが、酒と一緒に胃の腑に流れ込む心持ちとなり、十兵衛の口から思わずうなり声となって出た。

「うまいですか？　そいつはよかった……ならばもう一献」

堀衛門から酒を注がれ、十兵衛はたてつづけに三杯を呑み干した。

十兵衛の顔に赤みが差してきている。

「ようやく人心地がつきましたな」

　ほっと安堵する十兵衛に、堀衛門が話の先を変える。

「皆川弾正を討ち取るに、真正面から挑むと言われたときは、これぞ十兵衛さんも男ぞと思いましたが、やはりあのとき殺《や》っておけば……」

　すでに堀衛門には、森田座でのことは話してある。そのとき堀衛門からは『なるほど、これが男ぞ』とばかり、絶賛されたものである。

「主どの、それはもう済んだことで……」

「左様でありましたな。これは手前としたことが、余計なことを……」

　小さく頭を下げて、堀衛門は詫びを言った。

「それよりも、もっと安堵するという話は？」

「そうそう、それでありました。しばらく……とはいっても、十日ばかりでありますが旅に出てきたらいかがかと……」

「旅にですか？」

「しかも、陰聞き屋の仕事がらみで。そのために、あした箕吉を差し向けようと思っていたところなんです」

「それは先ほど聞いたが、なんだか都合のよい話に……」

「なってきましたでございましょう」

十兵衛の語尾を、堀衛門が引き継いで言った。

「それで、行き先はどちらに……?」

自然十兵衛の顔も緩《ゆる》み、気鬱《きうつ》も治ったか声高《こわだか》に訊いた。すると、それまでにこやかだった堀衛門の顔がにわかに真顔となった。

「先ほどの客人を覚えてますか?」

堀衛門は、声音を一段と低くして訊いた。暗《あん》に、大声では話せぬ内容だとの含みをもたせている。

「立派そうな武人のことかな?」

十兵衛も合わせて小声となった。

「そちら様からの依頼なんですが、あのご仁は……十兵衛さんは武州《ぶしゅう》の押田《おしだ》藩ってご存じですかな?」

「ええ、そのくらいは……」

「あのご仁は、押田藩の江戸家老横島玄馬《よこしまげんば》というお方でして」

「……江戸家老の横島玄馬」

十兵衛は呟きながら、その名を頭の中に叩き込んだ。

押田は、利根川《とねがわ》と荒川《あらかわ》に挟まれた武蔵《むさし》北部に位置している。

「その昔、水攻めに遭って……そんな能書きはよろしいですな。押田城までは日本橋からおよそ十五里。中山道《なかせんどう》を真っ直ぐ行き、吹上《ふきあげ》から日光脇往還《にっこうわきおうかん》の追分《おいわけ》を右に一里ほど行ったところにあります」

堀衛門の語りを、十兵衛は黙って聞き入る。

「急ぎ行けば、二日もあれば着いてしまうところ。そこを、明日から数えて六日後……ということは、八月の二十日の正午ちょうどに行ってもらうという、簡単な仕事なんですな」

「ほう、簡単な仕事というのは、ただ行けばよろしいので？」

「ただ行っただけでは用件は成しませんが、届けてもらいたいものがありまして……そんなに重いものではございませんのでご案じなく」

「主どのの脇に置いてあるものでございますかな？」

堀衛門が座る脇に、葛籠《つづら》の小箱が置いてある。背負っても、さほど負担はかかりそうもない。

「左様です。これを押田城まで届けてもらいたいという、横島様からの依頼なんですな」

「それならば、容易《たやす》いこと。しかも、二十日に届ければいいとは、ずいぶんと猶予がござるな」

ときの余裕がかなりあって、さして急ぐ旅でもない。十兵衛は物見遊山《ものみゆさん》の心持ちとなった。

「一つだけ心得なくてはならないのは、八月の十九日でも二十一日でもいけません。二十日の正午ちょうどに押田城の正門に立って『春を届けました』と、門番に告げてくれればよいとの仰せです」

「春を届けましたと言うが、今はもう秋でござるぞ」

「その意味は手前には分かりませんが、そう言えばどなたかに通じるようになってるとのこと。十兵衛さんはそんなこと知らんでよろしいのでは……」

「あい分かり申した」

「それと、もう一つ注意することがありました。これはあくまでも内密とのこと。中身は絶対に開けてはならぬと」

「当然のことです。そこは、お任せくだされ」

「藩の者たちにも知られたくなく、それで当方に依頼が来たのですからな。陰聞き屋を頼りに。十兵衛さんが引き受けてくれれば、これでもう安心だ。それと、飯森藩のことは、十兵衛さんが帰ってくるまでになんとかなってるでしょう。しばらくは、物見遊山のつもりで旅をしてくればよろしい」

「拙者もそう思っていたところで」

「話がついたところで、一献……あっ、その前に……」

銚子の首をつかもうとしていた手を、堀衛門は懐の中に入れた。

「こいつを忘れていた」

と言って取り出したのは、紫の袱紗であった。包みを開けると中に十両が入っていた。

「路銀と陰聞き屋の謝礼です。受け取ってくださいな」

「いいのですかな、いただいても？」

十兵衛は武蔵野屋には、一文ももたずに来た。それだけ気持ちが焦っていたのであろう。そこにもってきての十両はありがたかった。

ゴクリとのどを鳴らして、十兵衛は金を懐深くしまった。

改めて乾杯の杯を交わし、その夜十兵衛はいく分かの深酒となった。

早朝から歩けば、浦和《うらわ》か大宮宿《おおみやしゅく》までは行ける。

そこで一晩の宿を取り、翌日の夕方までには押田の城下には着いてしまう。そうなると四日余ることになる。

十兵衛は、翌朝は五ツを報せる鐘の音を聞いて出かけることにした。日が高く上り、大江戸が動き出すころである。

銀座町の武蔵野屋をあとに、日本橋からひたすら中山道を歩くことになる。朝めしを済ませ、十兵衛は一路武蔵は押田城に向けて出立した。

第二章　やっかいなお届け物

一

　いかにも十兵衛の足はゆっくりであった。

「急いで大宮宿まで行くことはなかろう」

　夏の暑さも過ぎ去り、心地のよい季節である。背中に依頼ものの荷を背負い、恰好はいつものとおりの黒で固めてある。頭に網代笠《あじろがさ》を被《かぶ》り、脚絆《きゃはん》に草鞋《わらじ》はいく分旅人の様相をかもし出していた。

　筋違御門《すじかいごもん》で神田川《かんだがわ》を渡り、湯島聖堂《ゆしませいどう》を左に見て真っ直ぐ行けばやがて本郷《ほんごう》は加賀《かが》中納言《ちゅうなごん》様の屋敷前を通る。追分《おいわけ》を左に取り巣鴨《すがも》のほうに向かえば、武州吹上の辻までは一本道だ。そこまで行けば、押田までは目と鼻の先である。

信州松島から江戸に出てきたときは、十兵衛は諏訪《すわ》から甲州道《こうしゅうどう》を辿《たど》ってきた。初めて中山道を歩く十兵衛でも、道に迷うことはあるまい。

気分は陰聞き屋というより、まったくの旅人気分であった。仕事としての重荷を感じることは、まったくといっていいほどそのときの十兵衛にはなかった。


武蔵野屋を出立し、十兵衛が日本橋に差しかかったころであった。

店の前で掃き掃除をしていた小僧の箕吉に、背中から男の声がかかった。

「十兵衛さんはいるかい？　こっちを見ないで返事をしてくれ」

そっと近寄っての小声である。聞き覚えのある声に、箕吉は事情を感じ取った。

「今しがた十兵衛さんは出かけました。その声は、猫目さんですね？」

「そうだ」

武蔵野屋とのかかわりを知られてはまずい。

猫目がそっと箕吉に近寄ったのは、飯森藩の者から見られているのではないかとの配慮であった。そんな気配はなかったものの、猫目は用心に用心を重ねたのである。

「十兵衛さんは、どこに……？」

「手前は分かりません」

箕吉も気を利かし、掃除をする振りをして小声で答える。

「どこか、旅にでも行くような……」

「旅？」

「旦那様ならご存じだと思います。奥におりますので……手前が行ってきますから裏に回っていてください」

「すまねえな、箕吉」

言うと猫目は、そっと箕吉のそばから離れ十間《けん》先にある路地から、武蔵野屋の裏手に回った。

路地のもの陰に立っていると、裏木戸を開けて箕吉が顔を出した。

「猫目さん……」

箕吉の小声で呼ぶ様《さま》に、猫目はあたりを気にする。

「……誰もいないな」

必要以上に用心をして、猫目はもの陰から出ると急ぎ裏木戸を潜《くぐ》った。

箕吉に案内され、猫目は堀衛門のいる部屋へと入った。

「厄介なことになったみたいですな。十兵衛さんから聞きましたよ」

猫目に対しても、堀衛門の口調は丁寧であった。

「十兵衛さんもさることながら、猫目さんも気が煩《わずら》わしいことでございましょうな」

「まったくで。こちらに来るのも用心しませんと、どこに飯森藩の目があるか分かりませんで入るのにも一苦労します。今も小僧さんに……」

「周囲を気にして、小声で話したとか言っておったですぞ」

苦笑いをしながら、堀衛門は言う。

「それで、十兵衛さんは旅に出たそうですけど、どちらに向かわれたのでしょう？」

「武蔵の押田ってご存じですかな？」

「ええ。熊谷宿の手前かと。たしか、吹上の辻で……」

「左様、よくご存じで」

「先だって、熊谷から上州《じょうしゅう》松井田《まついだ》まで行きましたから」

弾正の浮気を探りに、猫目は先だって中山道を通ってきたばかりである。

「そうでしたな。ならば、道には詳しいはずだ」

「なぜに、十兵衛さんはそちらに？」

猫目の問いに、堀衛門は話しておいたほうがよかろうと、十兵衛旅立ちの経緯を語った。

「なるほど。それですと、十日は帰ってきませんですね。分かりました、これであっしも一安心です」

十兵衛が江戸にいない間は、飯森藩とのことはうまくやっていくと言葉を添えて、猫目は立ち上がった。

茶でも飲んでけと言う堀衛門の誘いを断って、猫目は武蔵野屋をあとにした。

「……いいことがある」

帰り道の途中猫目に閃《ひらめ》いたことがあって、その足を飯森藩上屋敷へと向けた。

門番に言って、香川を呼び出してもらう。

「おお、猫八どの……」

脇門を潜り、香川が出てきた。

「こちらからも話があって、これから行こうとしていたところだ」

「ならばちょうどよかった。でしたら話は、あっしのほうからでよろしいですかい？」

「ああ、先に聞こうではないか」

香川の話も気になるが、ここは先に語ったほうが利になると思い、猫目は先に話すことにした。

「それらしき浪人が見つかりまして……」

「なんだと！」

香川の大声に、門番の顔が向いた。

「そんなに大きな声を出されますと……」

「ならば、塩鮭でも食いながら話すとするか？」

「いえ、あっしは急いでますので。それと、まだあの煮売り茶屋は開いてないでしょう」

朝四ツを報せる鐘が鳴ったばかりである。正午《ひる》までは、まだ一刻ばかり待たなければならない。

人目のない、もの陰でということになった。

「さすが、猫八どのだ。ずいぶんと、相手を見つけるのが早かったな」

偽りを言うのに褒められるとは、自分自身でも片腹痛い。

「蛇《じゃ》の道は蛇《へび》ということでして、そういう伝《つて》はいくらでも。ただし、どこから聞いたかということは、申しわけございませんが……」

口止めされていると、猫目は言葉を添えた。

「むろん、聞き出しはせぬから安心いたせ」

「その者の名は、九兵衛《きゅうべえ》と申しまして、下総は佐原のほうの出だそうです」

「九兵衛だと？」

名を言いながら、香川が首を傾げた。

「何か……？」

怪訝そうな顔をする香川に、猫目が問うた。

「御正室様にな、何気なく殿が問うたところ、その者の名は十兵衛とおっしゃられたそうだ。拙者はその話をしに行くところであった」

香川の話に、猫目はほっと胸を撫で下ろす心持ちとなった。

——似通った名にしておいてよかった。

香川に先んじて言ったことが、効を奏した形となった。

「さいでしたか。ならば、おかしいですね。あっしが聞いたのは、たしかに九兵衛。これは信頼ある筋なので間違いありません」

「そうだのう。それとあれば殿が聞き間違えたのであろう。九兵衛を十兵衛と間違えるのは無理もないな。このところ殿は、いささか耳が遠くなってきておるしの」

いいことを聞いたと、猫目は思った。

香川から弾正に話が戻ったとしても、その口からは正室の静姫まではいくことはなかろう。

耳が遠くなった弾正は、香川の話に得心《とくしん》をするはずだ。

ここぞとばかり、猫目は駄目を押す。

「どうやらその九兵衛という浪人、すでにどちらかに旅立ちましたようで……」

「どこに向かったというのだ？」

「ちょっと待ってくださいな。まだ話は終わってませんから……」

「だったら早いところ聞かせてくれ」

「その九兵衛とかいう浪人、怪しくもなんともありませんでしたよ。しいていえばこっち好きってことみたいですな」

言いながら猫目は親指を立てた。

「なんだって！」

またも、香川の驚く顔となった。

「あっしにはそんな趣味はありませんが、今にして思えばその九兵衛、お殿様のうなじばかりを見つめておりましたな。それにしても、変わった趣味の方がおるもんでございますねえ」

十兵衛が聞いたら怒りそうな話を、猫目は平然と言う。このぐらいのことを言わなければ相手は得心しないだろうと、気の巡らしから出た思いつきであった。

「それを殿は不審な気配と感じていたのであろうな。さっそく殿には、思い違いであったことを告げようではないか」

「そうなされたほうが、よろしいようで。それと、念のためにこれからあっしがその九兵衛という者を追いかけ、話が本当かどうかの裏を取ってきます。そのため、しばらくは長屋におりませんので……」

「あい分かった」

「戻りましたら、報せにまいります」

「頼んだであるぞ」

――これでこの先、十兵衛さんも安心だろう。

密かに猫目はほくそ笑む。

「それでは、先を急ぎますので」

「ご苦労だが、よしなに頼む」

香川が脇門から屋敷内に入るのを見届けてから、猫目は動き出した。

二

うまか膳に行くと、表の遣戸《やりど》には心張り棒がかかっている。

猫目は裏から、店の中へと入った。

人気がある塩鮭を焼く煙が、店の中に充満している。板場で、五郎蔵と菜月が昼の仕込みに余念がない。その様子を見ていて、とっぷりと江戸の生活に溶け込んでいると猫目は思った。

「ちょっと話があるんだけど、いいですかい？」

板場に顔をつっ込み、働く二人に猫目が声をかけた。

「猫目、何かあったんだね？」

腰を下ろしながら魚を焼いている菜月が、振り向きざまに問うた。用もないのに猫目が朝早くから訪れることはない。

「今しがた、武蔵野屋さんと飯森藩に行ってきて……」

「そうかい。朝早くから、ご苦労だったな」

仕事の手を休め、五郎蔵も近寄ってきた。昼の仕込みより、猫目の話のほうが優先される。ことと次第によっては、休業の看板をかけることもあるのだ。

「店で話を聞こうではないか」

卓を挟んで、猫目は五郎蔵と菜月に向き合った。まずは十兵衛の旅立ちの経緯を語り、そのあと飯森藩上屋敷前での香川とのやり取りを語った。

「うまいこと、丸め込んだねえ」

十兵衛を九兵衛と間違えさせた件《くだり》では、感心する面持ちで菜月が口を出した。

「これで飯森藩のほうは一安心だろう。その代わり、しばらくは弾正には手を出せねえな」

五郎蔵が腕を組んで言った。

「仇と仲良くなるのも、良し悪しだわねえ」

「まったくで」

菜月の言葉に、猫目が合わせる。

「ここしばらくは、仇討ちもお預けになりそうだな。仕方ないから、稼業に精を出すことにするか」

心なしか、気落ちしたような五郎蔵の口調であった。

「やっぱり、芝居見物のときに殺《や》っとけばよかったのよ」

それを聞いて、菜月が話をぶり返す。

「菜月、それを言うんじゃねえ。十兵衛さんだって、つらいところだったんだろうからな」

「そうでした、ごめんなさい」

五郎蔵のたしなめに、菜月は素直に詫びを言った。

「分かればいいって。まあ、しばらくは落ち着いていろってことだろうよ」

言って五郎蔵が立ち上がる。

「そろそろ店を開けるとするか、菜月」

猫目の話は聞き終わった。しばらくは平穏無事の生活がつづくのだろうと、このときの三人は同じ思いでいた。

「これから猫目はどうするんだい？」

菜月が向き直り、猫目に問うた。

「飯森藩の香川に言った手前、江戸にいたってしょうがねえ。九兵衛さんでも追いかけて行きますわ」

「十兵衛さんではなく、九兵衛さんをかい？」

「どこに行ったか分からねえ、九兵衛さんを捜しにね。今度飯森藩に行くときは、適当に話をこしらえなくちゃいけねえし、しばらくあっしも旅に出てきまさあ」

「そうかい。だったら気をつけて……」

菜月が言っても猫目は立ち上がらない。

猫目には旅に出るほどのもち合わせがなかった。

「おや、どうしたんだい？」

「路銀がねえもんで……」

陰聞き屋で稼いだ金は、みな菜月が切り盛りしている。

「そうだったねえ、気づかないでごめんよ。ちょっと待ってな」

二階に行った菜月がすぐに戻ってきた。

「五両もあれば、足りるかい？」

「十分でさあ」

一両あれば、町人一家が一月《ひとつき》は暮らせる額である。近くの温泉場なら、贅沢三昧《ぜいたくざんまい》に遊べるほどの金をもらい猫目は有頂天《うちょうてん》となった。

「それで、ゆっくりと遊んでくればいいやな」

五郎蔵も、機嫌よく送り出してくれる。だが、このとき猫目の頭の中ではある思いが宿っていた。

どうせ急ぐ旅でもない。

お天道様が真南に来た正午《ひる》になっても、十兵衛の姿はまだ巣鴨《すがも》あたりにあった。

普段は足の速い十兵衛である。本来の速度で歩けば、戸田《とだ》の渡しで荒川《あらかわ》を渡り蕨《わらび》の宿あたりまで来ているはずだ。

「たまにはのんびりと、こういう旅もいいものだ」

周囲は秋の気配がただよっている。青い空にはいわし雲が浮かび、なだらかに吹く風も心地よい。初っ端《しょぱな》から十兵衛は物見遊山を楽しんでいた。

十兵衛は、この日の泊りは板橋宿《いたばししゅく》と決めていた。

真性寺《しんしょうじ》脇の煮売り茶屋で昼めしを食っても、まだ昼をいくらか過ぎたあたりである。

巣鴨まで来れば、中山道一番目の宿場である板橋宿には、四半刻《しはんとき》もあれば着いてしまう。

「……まだ、早いな」

宿を取る刻限でもなかろう。とぼとぼと歩きながら滝野川村《たきのがわむら》まで来ると、弁天脇《べんてんわき》に居酒屋があった。軒下《のきした》にぶら下がる看板には『酒』と一文字記してある。板橋まではもう目と鼻の先まで来ている。昼めしを食したばかりというのに、十兵衛は居酒屋でしばしのときを過ごそうと思い、遣戸を開けた。

　店には四人ほどの先客がいて、一つの卓を二人ずつ相対して酒を酌み交わしている。居酒屋の中に入ると、四人の男たちは話を止め、一斉に十兵衛のほうを向いた。耳が気になり、話を妨げては申しわけないと、十兵衛は少し離れたところに席を取った。

　腰から刀を取り、背負った荷物を脇に置いて樽椅子に座ると、十兵衛はくつろぐ心持ちとなった。めしは食ったばかりである。さほど減ってない腹に、酒を足すことにした。肴《さかな》を何にしようかと、壁に貼ってある品書きを眺めているところに声がかかった。

「いらっしゃいませ……」

　女将《おかみ》であろうか、四十歳をいくらか過ぎたあたりの小粋な女が、奥から顔を出し十兵衛に声をかけた。

「何にいたしましょうか？」

　注文を取る声も、艶《つや》っぽい。

「酒は置いてありますか？」

　看板を見て入ってきたのである。知りつつも、十兵衛は問うた。

「おいしいお酒がありますわよ、お客さん。うちには京は伏見《ふしみ》から取り寄せた『京の舞』という銘酒がございます。冷《ひや》でおいしいですから、お試しになったらいかがですか」

女将の勧めに従い、十兵衛は京の舞を茶碗酒で呑むことにした。

「あては大根の漬物でいいや」

品書きにある、酒の肴も注文する。

頼んだものを待つ間、十兵衛は所在なさげに店の中を見回す。すると、別の卓に座っていた四人の男たちが、十兵衛を見ている気配があった。気配がしたというのは、十兵衛の目が男たちに向いたと同時に、元に戻したような気がしたからである。髷《まげ》の先を横になびかせた、一見遊び人風の男たちである。よく見ると、四人とも目つきはよくない。土地に住み着く、ごろつきのようにも見える。

――おれに何か用事でもあるのかな？

気にしながらも、十兵衛は目を元に戻した。

「お待ちどお……」

女将が酒と大根の漬物を盆に載せてきたそのとき、遣戸が開いて商人風の男が入ってきた。

背には大きな荷物を背負《しょ》っている。

腕には手甲《てっこう》、足には脚絆《きゃはん》を巻き、顔は日に焼け真っ黒である。どこか遠くから旅をしてきた様相であった。

「ああ、疲れた」

と言いながら、荷物を卓の上に置いた。肩が凝《こ》っているのか、自らの手で揉《も》み解《ほぐ》している。

「いらっしゃいませ……」

女将が商人風の男に近づいて言った。

「腹が減ってんだ。なんでもいいから、食わせてくれ」

男の口ぶりを聞いて、十兵衛は訝しく思った。商人にしては、口の利き方がぞんざいである。

「それでしたら、塩辛い焼き鮭で温かいごはんなどいかがでしょう？」

「それでいいから、早くもってきてくれ」

十兵衛は、女将と客のやり取りに、塩辛い焼き鮭と聞いたところで思わず顔に苦笑いが浮かぶ。

——猫目のやつ、うまくやってくれるだろうか？

旅に出ても、十兵衛が気にかけるのはそれ一つである。

茶碗酒を一杯呑み干しても、まだ日は高くある。ここで呑みすぎ、酔い潰《つぶ》れてもいけない。十兵衛は勘定を払って、外に出ることにした。

「……少し、寄り道でもしていくか」

無案内の土地である。勘定を支払いながら、居酒屋の女将にどこか面白《おもしろ》いところはないかと、十兵衛は訊いた。

「面白いところって、これですか？」

女将は顔に下卑《げび》た笑いを含ませながら、小指を立てた。

「それでしたら、もうすぐそこが平尾宿《ひらおしゆく》ですから、そういう女の方はたくさんおりますわよ」

「まだ昼間であろうが。そうじゃなくてだな……」

「でしたら、これですか？」

賽壺《さいつぼ》を振り、丁半博奕《ちようはんばくち》の真似をする。下世話な遊びばかりしか、頭に思い浮かばないらしい。

十兵衛は江戸に来てからというもの、賭場《とば》に出入りしたことはない。博奕は嫌いではないが、仇討ちのことに気が巡り、それどころではなかった。

ちょっと、暇つぶしでという気持ちとなった。

「やらしてくれるところが、あるんで？」

「二町《ちょう》ほど行った巣鴨町に、文五郎《ぶんごろう》というお貸元《かしもと》が開く賭場がありますけど……ですが真昼間から、開帳していますかねえ？」

女将の話に、首を傾げたのは十兵衛であった。

先客で座る風体のよくない四人ならば、土地の無頼奴《ぶらいやっこ》の事情には詳しいはずだ。博奕のことなら、女将はその四人に訊いてもよさそうなものだと十兵衛は思いながらも、女将に問う。

「あの人たちに訊いてみても、分からないかな？」

「ああ、あの人たちは文五郎親分のところの若い衆《わかいし》ではありません。王子《おうじ》のほうから……」

と、女将が言っているところで遣戸が開いた。

「いらっしゃいませ……」

新たな客が来れば、十兵衛にはかまっていられない。女将の気持ちは、男女の二人連れの客のほうに向いた。

ご馳走さんと、女将には聞こえぬほどの声を出して十兵衛は外へと出た。

「久しぶりに、一丁博奕でも打《ぶ》ってみるとするか」

松島藩の国元にいたときには、手慰《てなぐさ》みで城下の賭場に出入りしていたものだ。暇もあることだし、たまにはいいだろうという気持ちになった。

「……五郎蔵や菜月や猫目の目も届かんしな」

三人には申しわけないと思いながらも、遊ばせてもらうよと独りごつ。

三

二町ほど戻った巣鴨町に、貸元文五郎が率いる無頼奴の宿《やさ》があった。丸に囲まれた『文《ぶん》』の一文字の代紋《だいもん》が、遣戸の油障子に書かれてある。

「ごめんくださいよ」

十兵衛は遣戸を開けて、中へと声を投げた。無頼奴ではないので、敷居はまたがない。

「誰でい？」

戸口に出てきたのは、三下《さんした》風情《ふぜい》の若い男であった。外に立っている十兵衛の姿を見て、訝しそうな顔をしている。

「用心棒でしたら、今のところは……」

「そうじゃないのだ。ここでは、こんなものを……」

十兵衛は、賽壺を振る仕草をした。

「そうでしたかい。誰に聞いて、ここを……？」

一見《いちげん》の客には、無頼奴も警戒をするようだ。

「二町ほど板橋よりの、居酒屋の女将から聞いてきた」

「お浜《はま》さんですかい？」

「ああ、そのお浜さんだ」

女将の名はここで初めて知ったが、旧知の仲を十兵衛は装った。ついでに懐から財布を取って、中身を見せびらかす。

「さいでしたかい。でしたら、ちょっと待ってくだせえよ」

三下は一度奥に引っ込み、すぐに戻ってきた。

「案内しやすんで……」

丸文《まるぶん》一家の本拠では賭博は開帳していない。三下は脇の道に入り、一町ほど奥に行ったところにある一軒家に十兵衛を案内した。

昼日中に、堂々と開いている賭場も珍しい。だが、そんなことはどうでもよいと、十兵衛は博奕に興ずることにした。

「客人を連れてきやした」

三下が、兄貴格の男に声をかけた。十兵衛のいないところで、何やら話をしている。

「ずいぶんしこたま、金をもってるみてえですぜ」

「だったら、席に案内しな」

根こそぎ奪い取ってやろうとの魂胆《こんたん》か、兄貴格のほくそ笑む顔があった。

「どうぞ、お上がりになっておくんなせい」

賭場は十畳ほどの広さの部屋で、白布が張られた盆床《ぼんどこ》の周りには商人と遊び人風の客が入り混じり、十人ほどが賽子《さいころ》の出目《でめ》に、一喜一憂している。

二人ほど座る余裕があって、その一席を十兵衛が取った。

刀は帳場に預けなければならない。仕事で預かった荷は手元に置いて、盗まれないよう用心すればいいことだ。

この荷を決められた日に、武州は押田に運べばいいだけの仕事である。あとは、何をしていても十兵衛はかまわない。

懐には金がしこたまある。その内の一両を十兵衛は駒札《こまふだ》に変えた。

一枚一朱《いっしゅ》の駒札を、一両だと十六枚に替えられる。十兵衛は一勝負ごとに一枚ずつ、ちまちまと張った。十兵衛は、こういうところでは大勝負を賭けようという性分ではない。元より、暇つぶしでの手慰《てなぐさ》みである。

「お客人、そんな小さく張ってねえで、ドンと賭けてくだせえよ」

他の客は、一勝負に五枚、十枚と駒札を張っている。十兵衛だけが、一枚ずつである。賭場を仕切る出方の声が十兵衛に飛んだ。

「誰が、なん枚張ろうと勝手であろう。おれにとっては、所詮博奕なんてものは暇つぶしだ。一枚ずつ張れば充分、ただ見ているだけの客であったら、文句を言ってもらおうじゃないか」

ギロリと、十兵衛は出方を睨みつける。財布の中身を全部ふんだくろうという目論《もくろ》見《み》に、乗る十兵衛ではなかった。

勝ったり負けたりの繰り返しで、半刻ほどが過ぎた。すると、博奕にも飽きてくる。

駒札を金に戻したら、寺銭《てらせん》を引かれ二分《にぶ》ほど目減りしていた。一両が半分となって、十兵衛の手元に戻る。たかだか半刻で二分も使ったとあっては、大層高くついた遊びである。こういうところでの十兵衛は、意外と固い。もう、金輪際《こんりんざい》博奕はしないと誓って、十兵衛は賭場の外へと出た。

いく分日は西に傾いているものの、まだお天道様は高くある。

まだ、八ツ半ごろだろうか。少し早いと思ったが、十兵衛は板橋宿に向かい宿を取ろうと足を向けた。

滝野川《たきのがわ》まで戻ると、先刻酒を呑んだお浜が商う居酒屋がある。

宿を取るのはまだ早いと十兵衛は気が変わり、博奕に負けた腹いせとばかり、またも一杯引っかけていくことにした。再び居酒屋の縄暖簾《のれん》を潜る。

すると、中の様子がおかしい。

客が一人卓に座り、背中を向けている。その向かい側に女将のお浜が、客の相手をするように座っている。

十兵衛が店の中に入っても、女将は声をかけてこない。これは二人に事情《わけ》ありとの気が巡り、十兵衛は邪魔立てしないようそっと外に出ようとしたときであった。

「あら、お客さん」

お浜がようやく十兵衛の存在に気づき声をかけた。同時に、相対していた男の顔が向いた。

十兵衛も、先刻見た顔であった。

日に焼けた、真っ黒な顔に見覚えがある。周りを見ると、男が背負ってきた大きな荷物がない。十兵衛は、男の事情を感じ取るも、女将に問う。

「お浜さん、何かあったのか？」

「あら、どうしてあたしの名を？　そうか、文五郎親分のところで……」

「おかげで、二分ほど負けてしまった」

「そんなにもですか？　でしたら、うちで呑んでいたほうがよかったですねえ。つまらないところを教えてしまって、ごめんなさい」

「いや、謝《あやま》ることはない。端《はな》から拙者が訊《たず》ねたことだからな。ところで、何かあったのかい？」

十兵衛が、改めて訊き直した。

「このお客さんが気づいたときには、荷がなくなっていまして」

そういえば、入ってきたときには大きな荷を背負っていた。それが盗まれたと言っている。

「手前がちょっと、厠《かわや》に行っている隙に荷物が……嗚呼《ああ》……」

嘆きが入ると、男の肩がガクリと音を立てて落ちた。

「あの四人の客は？」

知らぬ男たちである。真っ先に疑ってもかまわないと、十兵衛は口に出した。

「お客さんが出ていってから、間もなくしてあの人たちも……」

いなくなったと、お浜は言う。

荷がなくなってから、さほどときは経っていないようだ。

「拙者とすれ違うように入ってきた、男女の二人連れは？」

「あの方たちは、塩鮭ご膳を食べてすぐに出ていきました」

十兵衛の問いに、お浜が答える。

「ほかに、客は……？」

「そのあとは手前一人が残って、誰も来てませんです」

「あたしも板場に入ってましたので、荷が盗られたのには気づかず……ごめんなさいねえ」

ガックリとした男の肩に向けて、お浜が言った。

お浜は厨《くりや》にいて、男は厠に行っていての、その最中の犯行であった。

盗まれた荷の中身は、武州は大宮で買いつけた絹糸であった。男は、それを機織《はたおり》業者に卸す仲買人とのことだ。

「あんなものを盗んだとて、誰も喜びはせんだろうに。むしろ、処分に困るはずだ」

男にとっては大事な商売物であるも、盗んだ相手にしてはつまらないものだと言う。

「自分の不注意から引き起こしたことだ。気の毒とは思うが、ここはあきらめるより仕方あるまい」

力を貸すほどのことではないと、十兵衛は慰めだけを言って居酒屋を去ることにした。これ以上いたら、目に見えぬ相手に自分の荷物も狙われるのではないかと思ったからだ。

「すまんな女将……いや、お浜さん。また来るわ」

酒を呑まずに十兵衛は居酒屋を出た。十兵衛も他人の大事な荷物を預かる身である。

「……おれも気をつけんといかんな」

これが盗難にでもあったら腹切りものだと、自分自身を戒《いまし》める呟《つぶや》きであった。

お天道様は西に傾き、夕五ツを報せる鐘の音が遠くから聞こえてきた。

「……いい頃合いになった」

中山道を、十兵衛は夕日に向かって歩いた。

扁額《へんがく》に東光寺《とうこうじ》と記してある寺を過ぎると、町並みは俄然にぎやかとなる。

品川《しながわ》、内藤新宿《ないとうしんじゅく》、千住《せんじゅ》と並び江戸四宿《ししゆく》の一つに数えられる板橋は、三つの宿場から成り立っている。その日本橋寄りにあるのが、平尾《ひらお》宿である。

「さあ、お泊りお泊り……」

道の左右に建ち並ぶ旅籠《はたご》から人が出て、盛んに客の呼び込みをしている。平尾宿には飯盛《めしもり》旅籠が多くあり、そこには飯盛女というのが存在する。飯盛女といえば聞こえがいいが、宿場女郎《しゅくばじょろう》のことである。平尾宿は、岡《おか》場所としても名が通っていた。

十兵衛が一軒の旅籠の前を通り過ぎようとしたとき、客引きの声をかけた者があった。

「お侍さん、今夜の宿はこの花月楼《かげつろう》でいかがですかい？　飛び切りいい娘が……おや、旦那は？」

呼び声に十兵衛が目を向けると、一刻ほど前に見た三下《さんした》の顔であった。

「あんたは、丸文一家の……」

「ええ、賭場に案内した者で」

「こんなところで、客引きか？」

たったいっときの出会いでも、知った顔があるというのは知らぬ土地では心強いものがある。

「おかげで、賭場では二分も損をしたぞ」

顔に笑いを浮かべながら、十兵衛はいやみを言った。

「そりゃ、残念なことで。ここの宿にお泊りでしたら、今度は損はさせませんぜ。あっしの名は留吉《とめきち》ってんですがね、この名に懸けたって悪いようにはさせませんや」

泊りはどこでもいいと思っていた十兵衛であった。

そこは、無頼奴である丸文一家の息がかかる旅籠である。花月楼がどういうところかも知らず、十兵衛は留吉の誘いに押し切られたように足を踏み入れた。

「お客さんをお一人お連れしたよー」

「はいなー」

留吉の声につられ、若い女が黄色い声を出して脇のほうから現れた。木綿絣《もめんがすり》の小袖の尻をからげ、赤紐《あかひも》の襷《たすき》がけである。手には水桶《みずおけ》を抱《かか》えて、近寄ってきた。

「おれの知り合いだ。粗相のねえようにな」

旧知の仲であるような言い方を留吉はした。

「分かったべよ」
十七、八か、まだあどけなさの残る娘が、訛《なま》りのある言葉で返した。
「それじゃお侍さん、せいぜい楽しんでおくんなせい」

去った留吉と入れ替わるように、帳場の奥から五十前後と思える女が顔を出してきた。

「いらっしゃいませ、ようこそお越しで。あたくし、花月楼の女将で豊《とよ》と申します」

「女将さん、このお客さんは留吉さんのお知り合いだってことだべ……」

「そうかいな。だったら、たんまりこのお客さんにはよくしてあげるんだよ、お玉《たま》」

「へい、分かりましたべ」

お玉と呼ばれた娘が、訛りのある言葉で返した。

「それじゃ、ごゆっくり……」

言い残すと、お豊といった女将は帳場の奥へと入っていった。

「お客さん、足をすすぐべ」

草鞋《わらじ》を脱がせ、お玉という女中は手桶の水で十兵衛の足を洗った。そして、部屋へと案内をする。

部屋は二階だという。

階段の脇に、お豊が入っていった帳場があった。帳場の奥は長暖簾に仕切られ見ることができない。しかし、声だけが聞こえてくる。

「黒ずくめの浪人風の客を、留吉が連れて来たよ」

女の声はお豊である。ほかに誰かいるようだ。

「そうかい。だったらきちんともてなしをさせな」

のどに痰《たん》が絡んだような、男のだみ声が聞こえてきた。

「相手はお玉に……」

十兵衛の耳に聞こえたのは、ここまでであった。

「お客さん、こちらだべよ。早く、上がってきな」

十兵衛が階段を見上げると、太ももをあらわにしたお玉の尻が揺れている。見てはならぬと、十兵衛はすぐに目を下に戻した。

「どうぞ、こちらの部屋だべ」

十兵衛が部屋の中に入ると、お玉も一緒についてくる。本来ならごゆっくりと言って、仲居はすぐに立ち去るものだ。

畳に座り、お玉が三つ指を突いている。変だなと、十兵衛が思っているとお玉が話しかけてきた。

「あたしは、お玉と申します。どんぞ、よろしく」

丁寧な挨拶であった。そして、つづけて言う。

「お風呂にするべか、お食事に。それとも……」

話を途中で止め、お玉がもじもじしている。

「腹が減ったから、めしにしてくれ。酒も二、三本つけて頼む」

十兵衛はお玉の仕草に気づいたか、気づかないのか平然とした面持ちで言った。

「食事は少しかかるから、先にお風呂のほうがよろしいべさ」

お玉は、風呂を先に勧めた。

「ならば、先に風呂だ。だが……」

大事な荷物がある。十兵衛の目はそこにいく。

「あれでしたら、お風呂の間は帳場に預けとけばいいべよ」

「そうしてくれるか」

「かしこまったべ。それでは、なにはお食事のあとにだべか……」

お玉が顔を赤らめ、畳にのの字を書いている。

「めしのあとは、蒲団《ふとん》を敷いてくれ」

「蒲団を敷いたら、何をするべ？」

「寝るだけに決まっておろうが」

「そんじゃ、お食事の用意をしますんで、先にお風呂へどんぞ……」

心なしか、弾む声を残してお玉は部屋を出ていった。

四

風呂から上がると十兵衛は、二階の窓から西に沈みゆく夕日をしばらくの間眺めていた。

野分《のわき》の多い季節であるが、ここ数日は天気のほうも安定している。夕焼けに映え、富士の山がくっきりと影になって勇壮な姿を晒《さら》していた。

「お客様、食事の用意ができたべ」

外を眺める十兵衛の背中に、お玉の声がかかった。

振り返ると、二段に重なる膳を抱えたお玉が立っている。

「お酒もつけたべさ……」

膳を二つ畳に並べ、お玉が座っている。

「ありがとな、もういいからあっちにいきな」

配膳しても退かないお玉を、十兵衛は訝しがって言った。

「いんや、今夜のお相手はずっとあたしがするんだべから……」

ほっぺたを、夕日のように赤く染めたお玉が言う。心なしか、頰《ほお》が腫《は》れて膨らんでいるようにも見える。

「あたしがするんだべって言ってもなあ」

ここいらあたりで、十兵衛はこの旅籠が普通の旅籠でないことを感じていた。しかし、困惑をしたかというとそうでもない。

十兵衛だって、男である。

「……ここのところ、ご無沙汰しておるからな」

独りごちる顔はにやけているも、お玉の顔を見たらそうもいかない。

「お玉ちゃんは、いくつかね？」

「今年十七だ……」

十七歳と聞いて、十兵衛の気持ちはいく分萎《な》えた。こんな小娘を相手にはしたくないとの思いが宿る。

「さあ、一献……」

それなりに科《しな》を作ってくる。お玉は十兵衛の脇に座ると、色気を込めて十兵衛のもつ杯に酒を注いだ。

十兵衛は半分体をずらしてよけながら、お玉の酌を受ける。

「なぜ逃げるんだべ……？」

離れようとする十兵衛を追いながら、お玉は言った。

お玉の接近に戸惑いながら、十兵衛は話の先を変える。

「お玉ちゃんの生まれ在所は、どこだ？」

「くんまがやってとこだべ」

聞いたことのない、地名であった。

「くんまがやって？」

「吹上ってとこから先の……」

「ああ、熊谷か」

「そう、そのくんまがや」

「拙者は押田ってところに行くのだが……」

「おすだってところなら、おれの生まれたとこの近くだ」

国が懐かしいか、語尾が上がってお玉の訛りがますます強くなった。その分、十兵衛の色情はますます遠のく一方である。

「……こんなあどけない娘を、宿場女郎なんぞに」

むしろ、憤《いきどお》る思いにかられる十兵衛であった。

「お客さん、なんか呟いたべか？」

「いいや……」

十兵衛は首を振って答えると、注がれた酒をぐっと呷《あお》った。

「いい呑みっぷりだべな、もう一献……」

お玉の身の上話を聞きながらの酒である。ちょっとの晩酌のつもりが、お玉の酌で杯が重なる。徳利が五本ほど空き、十兵衛はいい心持ちになった。

このぐらいの酒では酔い潰れる十兵衛ではない。だが、酔いが回るにつれ瞼《まぶた》が重くなり、うとうととしてくる。

「ああ、いい心持ちだ」

膳に盛られた茶碗めしには手をつけず、十兵衛はとうとうゴロリと横になった。

「お客さん、お客さんたら……お客……」

お玉の呼ぶ声が、だんだんと遠くなりやがて聞こえなくなった。

十兵衛が眠りから覚め、目を開けると周囲は行灯《あんどん》一つの明かりで薄暗い。

遠くのほうから、夜四ツを報せる鐘の音が聞こえてきた。十兵衛は蒲団の上ではなく、畳に直《じか》に寝ていた。枕は自分の腕である。

お玉が配膳してきた膳は、片づけられているようだ。

「いかん……」

十兵衛はふと胸騒ぎを覚え、飛び起きると部屋の隅に行灯の明かりをもっていった。

「ない……荷がない」

刀架に刀は載っているが、棚に置いた預かり荷物がなくなっている。

風呂に入る前に帳場に預け、風呂から上がったときに受け取ったのは覚えている。

酒を呑む前はたしかに棚の上に置いておいたはずだ。

十兵衛の頭の中は、真っ白となった。そして、懐に手を入れるともち金が全部入った財布もなくなっている。小銭も根こそぎ盗られ、十兵衛は一文無しとなった。

世の中に邯鄲師《かんたんし》というのがいる。俗にいう枕探しのことである。

旅館などに巣喰っては、泊り客の財布やもち物を狙う盗人《ぬすっと》の輩《やから》である。

「枕探しの仕業《しわざ》か……」

十兵衛は部屋を出ると、階段を駆け下った。帳場には灯がともり、明るい。

「誰かいるか？」

血相を変えて十兵衛は、大声を中へと投げた。

「どうなされました、お客様？　そんな大声をお出しになると……」

ほかの客の迷惑になると言わんばかりに、女将であるお豊が顔を出してきた。

「盗まれた。まっ、ま……」

十兵衛の声は引きつっている。

「盗まれたと言いますのは？」

口がうまく回らず要領の得ない十兵衛に、お豊は落ち着いた声で訊いた。

「枕探しに荷を盗まれたんだ、財布ごとな」

一気に十兵衛は言い放つ。

「なんですって？」

ようやく十兵衛の言う意味をつかめたか、端正なお豊の眉間《みけん》に縦皺ができた。

「何かあったのかい？　他人《ひと》が楽しんでるところだってえのに、やけに騒がしいじゃねえか」

まだ宵の口である。夜の遊びに勤《いそ》しむ客たちが、騒ぎを聞きつけ部屋から出てきた。

飯盛女たちも、襦袢《じゅばん》一枚で顔をのぞかせている。

「枕探しに遭った。あんたらもだいじょうぶかい？」

部屋の中から顔を出している客たちに、十兵衛は訊いた。

「おれたちゃずっと今まで起きてたからな」

ここは岡場所である。素泊まりの客はめったにいない。飯盛女を相手にしての宵《よい》の口に、鼾《いびき》をかいている者は十兵衛以外には誰もいなかった。

その刻限、眠りに入っていたのは花月楼の客では十兵衛一人だけであった。ゆえに枕探しの被害に遭ったのは、十兵衛だけである。

「お荷物だけは、お風呂のあともお預かりしておけばよかったですねえ」

風呂から上がったあと、十兵衛は自分の手元に置いておいたほうが安心と、荷物を返してもらった。それが、仇《あだ》となった。

後悔しても仕方ない。

「客の中にまだ盗人はいるかもしれない。捜してくれんか」

いつしか顔を出していた客たちは、部屋の中へと引っ込んでいる。今は忙しい最中だ。他人のことにかまけている場合ではないと、言わんばかりであった。

盗人は、まだ宿の中にいると思われる。十兵衛は盗人を捜し出すよう、女将に働きかけた。

「それはできませんぜ、お客さん……」

お豊の代わりに帳場の奥にいた男が、だみ声を出してきた。十兵衛にも聞き覚えのある声であった。

帳場を仕切る暖簾を潜り、顔を出したのは五十歳をいくらか越えたあたりの、小太りの男であった。両頬は膨らみ、それが下に垂れている。目はぎょろりとして、鼻は団子型である。人相見としては、悪い類《たぐい》に入る面相であった。

「なぜできない？」

「そりゃあ、そうでしょう。今ごろは、お客さんたちはみな楽しんでいるんですぜ。ここの旅籠は、ただ寝泊りをするようなところじゃねえってのは、お客さんだってよくご存じでしょうが」

そんな宿とは知らなかったといえば、十兵衛も恥になると言い返す言葉がなかった。

団子鼻を膨らませて、主はさらにつづける。

「宿の主として、そんな野暮なことはできねえでやしょ。それに、荷や金を盗まれたのは自分の不注意だったからじゃ、ございやせんか。こんなところに泊まるにあたっちゃ、そういうこともあるってことを、覚悟してもらわねえといけませんやね」

「捜すことができなければ、岡っ引きでも呼んだらどうだ？」

「そう言ってくれやすが、お客さん。そもそもそんな大事なお荷物を、一度は帳場に預けたってのに、どうして持って帰ったんです？」

そう問われては、十兵衛としても二の句が継げない。十兵衛の不覚は、自分から作り出したとの思いが込み上げてきた。

「財布には、十両からの金が入っていた」

「そんなにですかい。でしたら、なおさら出てくるもんじゃございやせんや。相手だってそれだけ盗めば、仕事としちゃあ十分な上がりだ。いつまでもこんなところにぐずぐずしてはいやせんでしょう。とっくの昔にずらかっておりやすぜ」

昼間、置き引きに遭って荷物を盗まれた男を見てきたばかりである。その戒めを肝に銘じたにもかかわらず、自らも同じような被害に遭った。

主の言い分に、十兵衛の顔は青ざめ、肩がガクリと落ちた。

五

十兵衛に対する同情は、微塵《みじん》もない。

脇で聞いているお豊は口も挟めず、ただ主の言うことに聞き入っている。そんなお豊に向けて、十兵衛は話しかけた。

「お玉ちゃんていう娘が酌の相手になったが、今どこにいる？」

「お客さんが酔ったまま寝ちまったと言いましてね、今ほかのお客さんをお相手にしてるところです。ですから……」

お玉に事情を訊こうと思ったが、それは叶わぬとお豊は邪険《じゃけん》であった。

「それとお客さん、今夜の旅籠代はあるんですかい？　聞いた話じゃ、財布ごと全部盗まれたってことじゃねえですか」

「それについちゃ、相談ということにしてくれんか」

「そう言われても、困りやすねえ。銭が盗まれたってのは気の毒に思うけど、宿代が払えねえとあっちゃ丸文一家が黙っちゃいやせんぜ。あっしは、そこの貸元《かしもと》で文五郎ってもんだ」

気落ちした十兵衛に向けて、文五郎は畳みかけるように凄みを利かせた。

花月楼は、丸文一家の貸元文五郎が営む旅籠であった。

なんとかしようにも、板橋には知り合いがいない。十兵衛は、八方塞がりとなった。

「とはいってもこっちは鬼じゃねえ。ところで、お客さんはどちらから来やしたんで？」

「芝の露月町からだ」

「芝といやあ、増上寺のあるとこで？　ここからだと、けっこう遠いでやすねえ。だったら……」

文五郎が妥協案を出してきた。

「今夜はここに泊まって、明日の朝になったら芝まで行って取ってきておくんなせい。宿代の支払いは、それしか手立てがねえでやしょう」

「ああ、そうしよう」

それも仕方ないと答えたものの、十兵衛にはもっと深い憂いがあった。

──盗まれた荷物を取り戻さないと。

それを思うと、芝に戻っている暇もないと十兵衛は首を振った。

「いや、それはできん」

前言を覆す。

「でしたら、宿の代金はどうなさるつもりで？」

「刀は盗まれてない。いっときこれを預けようではないか」

武士の魂である刀を預けると十兵衛は言う。断腸《だんちょう》の思いであったが、預かった荷物が盗まれたとあれば、背に腹は代えられぬ。芝まで戻る猶予は、十兵衛にはなかった。

摂津《せっつ》の刀工丹波守《たんばのかみ》吉道《よしみち》の作で、茎《なかご》に銘が彫ってある業物《わざもの》である。

「刀の値は、五十両では足りんぞ。文句はあるまい……」

十兵衛は、手に握る大刀を主の目の前に差し出した。

「これでもって、荷物が見つかるまでここに厄介になるぞ。むろん、女抜きだ……いや、お玉という娘を拙者につけてくれ」

「お玉をですかい？」

「ああ、あの娘なら何かを知っているはずだ」

夜の伽《とぎ》ではなく、事情を訊くためにである。

「お玉は何も知らんと思いやすがねえ」

「どうしてそう思うのだ、主は……？」

「あんな幼い娘が、何を知ってるというんです？」

「訊いてみぬと、分からぬだろうが」

「お客さんの好きなように、と言いてえところだがそれはなりやせんねえ。今、お玉はここにおりやせんで……」

「ならば、どこに行った？」

「お客さんに言うことじゃありやせんでしょ」

と、文五郎はつれない。そして、さらに非情な言葉を十兵衛に投げかける。

「うちは現金商売が決まりでありやして、どんなご立派な刀でしょうが銭金でないとお泊めできやせんのでして……」

結局は、明日の早朝芝に戻って金を取ってくるほかはない。往復二刻半もあれば、行ってこられるであろう。それも仕方がないかと、十兵衛は妥協することにした。

その夜十兵衛は悶々《もんもん》として、しばらくは寝つくことができなかった。

「……何かがおかしい」

暗闇の天井に目を向けて呟く。

「……あんな酒ぐらいで酔い潰れるなんて」

酌をする、お玉の真っ赤なほっぺをした顔が十兵衛の冴えた頭の中に浮かぶ。

「まさか……」

お玉が一枚嚙んでいるのではないかとの思いも巡る。

「そんなことは、よもやあるまい」

あのあどけない顔で、しかも訛りがきつく純朴である。とても、枕探しなどと大胆なことはしそうにもない。

「しかし、待てよ……」

他人を欺《あざむ》くには、悪党ならそのぐらいのことはやりかねん。

「いや、そうは思いたくないな」

いろいろな思いが交差する。

「あの、文五郎も怪しい……だいいちにして、根っからの無頼奴だ。それとお豊という女将も……」

花月楼が一体となって貶《は》めたのかもしれないと、十兵衛は疑心暗鬼で頭の中が一杯となった。

文五郎とお豊がうしろで手を引き、お玉を動かす。そんな図が思い浮かんだところで、十兵衛に睡魔が襲ってきた。

翌朝、明六ツを報せる鐘に目が覚めると、十兵衛は立ち上がった。

そのまま出かけられる恰好である。刀は宿代の質権に取られ、丸腰で戻らなければならない。

花月楼から出た十兵衛は、中山道を東に足を向ける。

十歩ほど歩いたところであった。向かい側の旅籠の遣戸が開いて、男が一人出てきた。急ぐ足を西に向けようとしている。その男の顔を見て十兵衛の足は止まった。

「あれは……？」

相手も、十兵衛の黒ずくめの恰好を目にして足を止めている。

「猫目か……？」

「十兵衛さん」

思わぬ遭遇に十兵衛と猫目は驚嘆し、中山道の真ん中での立ち話となった。

「足を向けてる方向が違うんじゃねえですかい？」

十兵衛の体は巣鴨のほうに向いている。それを猫目は訝しく思った。

「いいところで会った、猫目……」

ほっと安堵の息が、十兵衛から漏れる。

「何か、あったのですかい……あれ、刀は？」

丸腰の十兵衛に、尋常でない事情が猫目には読み取れる。

「ちょっと、どいてくれねえかい」

馬が牽《ひ》く荷車が通りかかり、十兵衛と猫目は道端に寄った。

「困ったことになったぜ、猫目」

今まで猫目が見たこともない、十兵衛の困惑をした顔であった。

「何があったのですかい？」

「いやな……嗚呼《ああ》、おれが馬鹿だった」

「嘆いていても、分かりませんぜ、十兵衛さん」

そこで十兵衛は、荷物ともち金全部を盗まれたことを、猫目に打ち明けた。

「なんですって、枕探しに？　十兵衛さんともあろうお人が……」

呆れ返る猫目の様相となった。

「金はともかくも、預かった荷物が盗まれたのは不覚であった。ところで猫目は金をもってるか？」

「菜月姉さんから、五両ばかりもらってきました」

「それだけあれば充分だ。猫目、一緒に来てくれ」

十兵衛は花月楼に、猫目を連れていく。

「ばったりと仲間と外で会ったもんでな、宿代の心配はなくなった。こいつと話があるんで、ちょっと部屋を借りるぞ」

すぐに戻ってきた十兵衛にお豊は驚く顔を見せるものの、宿代さえ払えばその顔は笑顔に変わる。

「どうぞどうぞ……」

十兵衛が泊まった部屋に案内され、ついでに朝めしも頼むことにした。

「地獄に仏ってのは、まさにこのことだな」

宿代が助かったばかりでなく、盗まれた荷を探すのに、猫目はこの上ない助《すけ》っ人《と》である。

「十兵衛さんが、こんな女郎宿にいるなんて……」

猫目の憂いに、十兵衛はきのうからの経緯を、端からこと細かく猫目に語った。話が進むにつれ、猫目の顔が歪んでくる。聞き終わったころには口がへの字に曲がり、眉間には数本の縦皺《たてじわ》が刻まれていた。

「頼まれた荷が盗まれたとあっちゃ、こいつはまずいことになりましたね」

「猫目も一緒に探しちゃくれねえか」

「そりゃもちろんでございまさあ。それにしても一大事で……」

「ところで猫目は、なんでこんなところにいるんだ？」

猫目のことはまだ聞いていない。猫目の言葉を制し、十兵衛は問うた。

「十兵衛さんを追いかけて来たんですぜ。あっしも成り行きで旅に出ることになり、ならばと思い……どうも、いやな予感がしましてね」

「なんだ、いやな予感とは……？」

またも十兵衛がへまをやらかすんではないかと猫目に思いがよぎり、あとを追ってきたのだが、そこまでは口に出しては言えない。

猫目は昼過ぎの出立となり、板橋泊りとなったのが幸いした。

「あっしが来てよかったじゃないですか」

「それはありがたいが、なぜにおれの行き先を知った？」

「十兵衛さんの行き先については、武蔵野屋の旦那様から聞いて。それと……」

猫目は、飯森藩の香川とのやり取りを語った。

「十兵衛を九兵衛と、間違えたことにしたのか？」

「そんなんで誤魔化しやして……」

「さすが猫目だ、心強いな」

猫目の機転に、十兵衛はほとほと感心する思いとなった。

事情が分かれば、いつまでもぐずぐずしてはいられないとばかりに、猫目が口にする。

「さっそく、頼まれた荷の取り返しにかかりますかい」

「朝めしを食ったらな……」

と言ったところで朝めしの膳が二人分運ばれてきた。配膳したのは、お玉とは違う女であった。昨夜から化粧を落とさぬか、白く塗られたその顔は、見るからに女郎そのものである。

「あれ、お玉ちゃんではないのか？」

「お玉ちゃんなら、昨夜からいなくなりまして……」

「なんだと。いなくなったってのは、どういうことだい？」

「さあ、あたしに訊かれても……」

昨夜文五郎は、お玉はここにいないと言っていた。どこか、使いにでもやらされているのだろうと、そのときは思っていた。だが、落ち着いた女の答に、十兵衛は訝しさを感じた。

「それじゃ、あたしはこれで」

根掘り葉掘り訊かれてはまずいと思ったか、そそくさと女は部屋から出ていった。

こういう岡場所にいる女たちは、いずれも事情《わけ》があって連れてこられている。その事情の多くは借金の形《かた》か、もしくは親が娘を女衒《ぜげん》に売り飛ばした場合である。いずれにしても、金が絡んでいる。

売られた娘が足抜けをしたら、今ごろ旅籠は大騒ぎであろう。ましてや、花月楼は無頼奴の貸元が商う旅籠である。ただごとではすまないはずだ。だが今のところ、そんな騒ぎはない。

「……文五郎が騒がぬはずはないな」

「誰ですかい、文五郎ってのは？」

十兵衛の呟きが聞こえ、猫目が問うた。

「地元の無頼奴の貸元だ。どうも、こいつが怪しい……さては、お玉を隠したか？」

朝めしのおかずである鰯《いわし》の丸干しを頭からかじりながら、十兵衛は言った。

「お玉から詳しく聞き出そうと思ったが、これで叶わなくなったな」

「ですが、十兵衛さん。これで、お玉という娘が絡んでいるのが分かっただけでも、収穫じゃねえですかい」

「それもそうだな」

「こいつは意外と早く見つかるかもしれませんぜ」

お玉の居どころを探せばいいと、猫目は言葉を添えた。

「だったら、いいがなあ」

猫目の言葉に、十兵衛の気持ちはいく分安らぐ思いとなった。

六

「ところで、盗まれた荷物の中には、何が入っているんでしょうかねえ？」

沢庵《たくあん》の香香《こうこ》を、ポリポリと音を立ててかじりながら、猫目は問うた。

「絶対に開けちゃいけないと言われてるんでな、何が入っているかは知らん。だが、荷の軽いところをみると、書状かもしれん。いや、一通の書状を入れるにしては、荷箱がでかかったな」

「盗んでいった奴は、すでに箱を開けて見ているでしょうね」

「そこに、押田藩にとって重大なことが書かれていたとしたら……」

「大変なことになるでしょうねえ」

十兵衛と猫目は掛け合っていくうち、背筋が冷たくなる思いに駆られた。

咎めは武蔵野屋の堀衛門にもおよぶのは必至の大窮地である。次第に互いの顔が、青ざめていくのを感じ取っていた。

「ことと次第によっては、相手の口をみな封じなくてはなりませんぜ」

猫目が、暗に十兵衛に提言する。

「それも、やむをえまいな」

刀の刃である物打ちでは、他人《ひと》を斬ったことのない十兵衛である。刀の裏で十兵衛は相手とやり合い、銘刀吉道の棟《むね》には無数の傷ができている。

しかし、この際は押田藩の秘密が盗人の口から漏れてはまずい。仕方なくも盗人を亡き者にして、口を封じるのが賢明の処理と、十兵衛と猫目の考えは至った。

「そんなもの盗んだって、くその役にも立たねえだろうに」

猫目が吐き捨てるように言った。

「いや、そうでもないぞ猫目。場合によっちゃ、金づるになるってことも考えられる。そういうものだと睨んで、奴らは荷まで盗んだのだろう」

「十兵衛さんの恰好を見たら、隠密そのものですからね」

重要な秘密を握っていると見られても仕方ないと、猫目は十兵衛の形《なり》を見ながら思った。

「さてと、どうしたものかな？」

「十兵衛さんは、ここの旅籠が怪しいと思っているんでございやしょ」

飯盛女を使って、宿の主が客の金銭や荷を奪う。そんなことがあるのかと疑問に思うものの、糸口は今のところほかにはない。

十兵衛が一番勘繰《かんぐ》るのは、出された酒であった。五合ばかりの酒で、今まで酔い潰れたことは一度もない。急激に眠たくなったのは、眠気をもよおす薬が混ぜられたものと思える。

——それを実行したのは、お玉という娘。

お玉の顔が脳裏に浮かび、十兵衛はやりきれない思いとなった。しかし、鍵を握るのはお玉だと思っている。そのお玉がいなくなったとあれば、やはりとの思いに至るのが当然の成りゆきである。

ほかの客を疑ったものの、十兵衛が見るに盗人らしき者はいない。もっとも、すべての者を見たのではないが。

「いなくなった娘といい、やはり今のところそれしか考えられんな」

十兵衛は、渋い表情となって思いを語った。

「この旅籠の主ってのは、地元の無頼奴の親分てことですよね。でしたら、そこからあたればいいんじゃねえですか」

「そうだな。今は宿《やさ》のほうにいるんじゃないかな。そうなると、どうやって文五郎に会うかだ」

「直《じか》に会うことはねえんじゃねえかと……」

「猫目にいい考えがあるのか？」

「文五郎一家の三下に、留吉ってのがいると言ってましたね。そいつにそれとなくあたってみますさあ」

「ここの客引きをしているぐらいだから、何かを知ってるかもしれないな。だがその前に、まずは女将を問い詰めてみよう」

朝めしを済ませ、さっそく十兵衛と猫目は動くことになった。

十兵衛は階下に下り、帳場の前に立った。

「女将さん、いるかい？」

暖簾を掻き分け、中に声を飛ばす。だが、お豊の返事がない。部屋の中には誰もいないようだ。

「……おかしいな？」

十兵衛が呟いたところで、背中から声がかかった。

「あら、お客さん……」

振り向くと、そこにお豊が立っている。

「ちょっと、よろしいかい？」

「今、お客さんの出立で忙しく……もう少し待っててくださいませんか？」

十兵衛が用件を言わなくても、お豊には何か分かっているようだ。だがその表情からは、怪しい気配はうかがえない。

「落ち着きましたら、あたしのほうからお部屋のほうにうかがいます」

十兵衛としては早く話が訊きたかったが、焦る気持ちを押さえて待つことにした。

「なるべく早く、うかがいますので……」

十兵衛の気持ちを察するように、お豊は言った。

それから間もなくして、お豊が十兵衛と猫目がいる部屋へと顔を出した。

「すまないな、忙しいところ……」

「すいませんねえ、遅くなって。朝はお泊りのお客さんから宿代をいただかなくてはなりませんので、お部屋を回っていて……」

お豊は帳場を離れていた理由を言った。

「それでだ、女将に訊きたいことが……」

柔和であった十兵衛の顔が、にわかに鋭い視線となってお豊に向いた。

「昨夜の件でございますね？」

「ああ、そうだ」

十兵衛は、疑ぐる目つきで返す。

「いやですよう、あたしたちが盗んだとでも……？　旅籠がそんなことをするわけないじゃないですか」

「しかしな……」

十兵衛は、花月楼が怪しい点をいくつか並べて言った。

「お酒にですか……なんと言われましても、知らないものは知りません」

お豊の首が激しく横に振られる。

「それとだ、きのう拙者についたお玉という娘がいなくなったみたいではないか。飯盛女の足抜けだったら、大騒ぎしてもいいのではないか？」

そんな気配がないのが不思議だと、十兵衛は言葉を添えた。

「それが……」

と言ったまま、お豊の口は止まった。

「それがどうしたと言うんだ？」

十兵衛のつっ込みにも、お豊は黙ったままである。

「なあ女将、こっちは命がかかっているのだ。どうしても荷を取り返さなくてはならん。そんなに口を閉ざされては、疑うのは当たり前であろう」

十兵衛の、必死の嘆願であった。そのやり取りを、猫目はお豊の背中に回って聞いている。お豊が逃げ出したときは、阻止する構えであった。

この場から逃れられぬ思いとなって、お豊は肩をいく分落とした。そして言い出しづらくも、口にする。

「田村三郎兵衛《たむらさぶろべえ》という巣鴨村三町を差配する組頭がおりまして、お玉は昨夜からその屋敷に行っております」

江戸から離れた巣鴨村は、豊島郡《としまごおり》の領域に入る。上組、中組、下組に分かれる巣鴨村一帯を取り仕切る、組頭の手懸《てか》けにお玉はなっているとの、お豊の話の件《くだり》には、十兵衛は言いようのない憤りを感じた。

――あんなあどけない娘を手懸けにするなんて……。

どんな男か面を見たいとの衝動に駆られるものの、今はそれどころではない。お玉のことはさておいて、十兵衛は気持ちを戻した。

「ですから、今はここにはおりません」

お豊は言うも、お玉がなんらかの鍵を握っているのはたしかだと十兵衛は思っている。

「いつお玉は戻る?」

「一度田村様のお屋敷に上がると、三日は戻りません」

三日もときを取られるのは痛い。十兵衛はお豊の肩越しに、猫目を見やった。猫目の首も横に振られている。それまでは待てないとの意思が込められていた。

「それと、はっきりと申しておきますが……」

急にお豊の声音が高くなった。

「あたくしどもは、まったくと言っていいほどかかわりがございません。それだけはきっぱりと申し上げます。他人を疑うのも、大概にしてくださいな」

「女将はかかわりないとしても、文五郎はどうだ?」

「あの男《ひと》だって、何もかかわってはいませんでしょうよ。あんな悪そうな顔をしてますが、客の部屋に押し入って他人のものを盗むことなんかしませんよ。だいいち、そんなことをして、なんの得になるのです?」

お豊の言うことはもっともだと、十兵衛には思えるようになってきた。となると、酒に眠り薬を混入したのは誰か。十兵衛は考えを原点に戻すことにした。

「疑ったりして悪かったな。これもみな……」

「分かっておりますって。本来なら許せないところですが、盗人を入れたのも宿に責がありますし……」

「それでだ女将、客の中に怪しい者はいなかったか？」

昨夜は十兵衛を除いて、五人ほどの客があった。それぞれがみな飯盛女を目当てにしての、一夜泊まりであったという。

「いちいち泥棒さんだとは訊けませんからねえ。お客さんはみな怪しいと思えば怪しいし、それを言ったら切りがありません。ですが、お侍さんがきのうの夜血相を変えて帳場に来てからというもの、あたしもそれとなく注意を払ってました」

お豊は客の動向を見ていたと言う。客は一人も減ってはおらず、それらしき素振りも見当たらない。それと、十兵衛が背負ってきた荷らしきものをもつ者もいないとなれば、宿ができることはそこまでである。

「そこまではお客さんには訊くことはできませんし……お役に立てなくてごめんなさい」

昨夜泊まった客はすでにみな引き払って、残っているのは十兵衛しかいない。しかも飯盛旅籠である。宿帳などというのはとってはないので、この後の探りようがなかった。

客の筋から追うのは不可能だと、十兵衛は思ったところでお豊が立ち上がった。

「帳場が忙しいので、もうよろしいかしら？」

「すまなかったな、女将。荷が見つかるまでここで厄介になるが、いいかな？」

「もちろんかまいませんとも。お連れさんは別の部屋をお取りしましょうか？」

「ああ、夜はそうしてくれ」

岡場所の旅籠に、男二人で同室するのもおかしいと十兵衛は気を回した。

七

あらかたお豊から話を聞いて、十兵衛と猫目は再び向かい合った。

「予定は変更だ、猫目」

「文五郎一家からじゃねえんですね？」

「おれはお玉が鍵を握っていると思っていたが、客の中にも……」

怪しいのがいたかもしれないと言おうとして、十兵衛は途中で言葉を止めた。そして、首を振りながら言う。

「もしも客の誰かがすべてを仕組んだとしたら、こいつは駄目かもしれねえな」

「とんでもねえ、十兵衛さん。あっしはとことん、突き止めますぜ。とっかかりはいくらでもあるはずだ。きのうの泊り客は十兵衛さんを除いて、みな女郎を抱えていたんでやしょ。だったら、女将だってそっちのほうから当たるはずだ。なぜ、それをしねえんです？」

脇でずっと話を聞いていて、猫目なりに腑《ふ》に落ちなさを感じていた。

「そうだな。そこのところを訊かなかったのは、おれが迂闊《うかつ》だった」

「なんだかお頭《かしら》……いや、十兵衛さんらしくねえですね。それも仕方ないですかねえ、大事な荷が盗まれたとあっちゃ、気持ちが落ち着かないのも無理はねえや」

「すまねえな猫目、心配をかけちまって」

「謝んねえでおくんなさいな。それよりも、これから……」

「すまねえが、ついでに猫目に頼みがある」

「なんですかい？」

「五郎蔵と菜月を呼んできてくれないか」

ここは二人の力が必要と、十兵衛は五郎蔵と菜月を加えることにした。

「分かりやしたぜ」

猫目は返すと同時に立ち上がった。十兵衛の考えはみなまで聞かなくても分かっている。

「今行けば昼の支度だろうが、それを止めてでもすぐに来てくれとな」

「心得てますぜ」

「それと、武蔵野屋さんには気取《けど》られないようにな。前を通るときは、くれぐれも用心して頼んだぞ」

猫目たちが行ったり来たりして、箕吉か誰かにそんな様を見られたら何かあったと勘繰られても仕方ない。話は堀衛門に通じるはずだ。余計な心配をかけまいとの、配慮であった。

十兵衛から注意を促され、猫目はふと思うところがあった。

きのうの昼過ぎ、武蔵野屋の前を通ったとき箕吉に声をかけられた。猫目の旅支度に羨ましがっていたものである。

「細心の注意を払いまさあ」

大きくうなずくと、猫目は急ぐ足を芝源助町のうまか膳へと向けた。

忍びの訓練で鍛えた健脚である。

ときには駆け足となって、芝への道を猫目は急ぎに急いだ。

そして、武蔵野屋の看板が見えるところまで来た。猫目の足はそこでゆっくりとなる。店頭を見やるも、店の外に奉公人は出ていない。

——よし、今だ。

店の前を早く通り抜けようと、猫目は脱兎《だっと》のごとく駆け出す。

それを店の中から見た者がいる。番頭に頼まれ、使いに出ようとしていた箕吉であった。

「あれ？　外を駆けていくのは猫目さん。あんなに急いで……」

どうしたのだろうと、箕吉の首は傾《かし》ぐ。

見つからなかったようだと安堵し、猫目はしばらく駆けたところで足を緩《ゆる》めた。それからは、速足の歩きであった。

うまか膳の前まで来ると、焼き魚を焼く匂いがしてくる。まだ支度中なので、遣戸には心張り棒がしてある。表からは戸が開かず、猫目は裏に回った。

裏の戸口を三回叩くと、中から菜月の声があった。

「誰ですか？」

いつもの猫目の合図であったが、旅に出ているはずである。菜月は訝しげに問うた。

「あっしですぜ……」

「おや、その声はやっぱり猫目」

荒い息づかいが遣戸を通して聞こえてくる。菜月は慌てて心張り棒を外した。

「どうしたんだい、血相を変えて……」

「五郎蔵さんはいるかい？」

「何かあったんだね？　いいから入りな」

樽椅子に腰を下ろすと、猫目はいく分落ち着きをもった。そこに、菜月が茶碗に水を入れてもってくる。湯冷ましなので少し温《ぬる》いが、猫目はそれをうまそうに飲み干した。

五郎蔵も板場から出てきて、猫目の向かい側に座った。

「何があったんだい？」

「荷が盗まれて……」

落ち着いたと見えても、気ばかりが先に走る。

「盗まれたって、誰の荷がだい？　落ち着いて話しな」

菜月が、猫目を宥《なだ》めるように言う。

「板橋の宿で、十兵衛さんが届けなくてならない荷を……盗まれた」

「なんだって？」

五郎蔵の、驚く目が猫目に向いた。

「盗んだ奴を捜し出さないと、大変なことになるんで……」

「それで、おれたちを呼んでこいと言ったのだな？」

みなまで聞かず、五郎蔵は返す。

「そのとおりで。すぐに来てくれと……」

「こいつはぐずぐずしちゃいられねえぞ、菜月」

「はい……」

五郎蔵の問いに猫目が大きくうなずいたそのときすでに、五郎蔵と菜月は立ち上がっていた。

「菜月、奉公人が急病のためしばらくの間休業しますと、張り紙を出しておきな」

「かしこまりました」

休業の理由づけにいつも苦労する。ことあらば店を休みにするからだ。しかし、この度はそんなことは言ってられない。それこそ十兵衛の一大事である。五郎蔵の思いつきに、菜月は草紙紙《そうしがみ》に言われたとおりの文字を書いた。

「片づける用意があるのでな、猫目は先に行っててくれ。それで、どこに行けばいいんだ？」

「板橋宿は平尾宿の旅籠で花月楼ってところで……」

よし分かったと、五郎蔵は袖を止める高襷《たかだすき》を外した。

菜月が外で、ひと悶着起こしている。

「すみません、きょうはもう休業となります」

「せっかく来たのに、ずいぶんとつれないな」

中にいる猫目にもその声は聞こえた。聞き覚えのある声であった。

「……香川」

無理やりにも入ってきたらまずい。猫目は奥に身を隠した。

「ここに書いてある字が、お侍さんには読めないのですか？　急病とあるでしょ。お医者さんが、これは他人《ひと》にうつる病だからって言ってました」

「他人にうつる病とか。だったら仕方ありませんな、松山さん……」

「塩辛い鮭をたのしみにして来たのにな。それにしても、うつる病もちの店では食う気にはとてもなれんぞ。こんな店二度と来るのはよそうぞ、香川」

「左様でございますね」

飯森藩家臣である松山と香川の話を裏で聞いていて、かえって都合がよくなったと猫目はほくそ笑んだ。

二人が遠くに去るのを待って、猫目は外へと出た。

表通りに出たと同時に、猫目は速足となった。そして、武蔵野屋の前を通り過ぎる。そこだけは猫目は全速力にする。しかし、それはかえって目を引くものだ。

「あれっ、またも猫目さんが駆けて通る。なんであんなに急いでいるんだろう？」

箕吉が首を傾げた、それから四半刻後。

「あれっ？」

またも箕吉の首が傾いだ。

「今度は五郎蔵さんと菜月さんが急ぎ足で行くぞ。何かあったのかな？」

飯森藩の家臣に気を取られたか、猫目は二人に注意をするのを怠っていた。五郎蔵と菜月は気にも留めずに、武蔵野屋の前を通り過ぎた。

いつもなら店を開ける刻限である。だが、誰かを追うように五郎蔵と菜月は急ぎ足であった。こいつは絶対に何かあったなと勘繰る箕吉の体は、主堀衛門のもとへと向いた。

「旦那様、よろしいでしょうか？」

「箕吉か。何かあったのか？」

「はい。今しがたというよりも……」

「中に入ってきなさい」

普段は小僧を部屋には入れない堀衛門であったが、箕吉のただならぬ気配を察して中へと入れた。

「十兵衛さんに何かあったご様子で……」

「なんだと？　詳しくわけを話しなさい」

堀衛門に促され、箕吉は見ていた様を告げた。

「なるほど、そいつはおかしいな。五郎蔵と菜月さんまで急ぎ足であったか」

少しの間考えて、堀衛門の顔は箕吉に向いた。

「猫目さんが行き先から戻ってきたのはいつどきだ？」

「半刻ほど前でした」

「五ツ半ごろだな。すると、まだ板橋にいるかもしれん……」

「なぜ板橋と分かるのですか？」

「蕨宿からは、そんな早くは戻れん。それと、十兵衛さんは物見遊山のつもりで行くとか言っておったからな。男なら、板橋宿の飯盛……」

と言ったところで、堀衛門の口は止まった。小僧の箕吉には聞かせたくない話である。

「男ならって、なんのことでございましょう？」

「そんなことはいいから。箕吉はすぐに支度して、板橋に行きなさい。何があったか調べてくるのです。できるものなら、気取《けど》られないようにな」

「かしこまりました」

箕吉としては、思わぬ外出である。旅の心持ちとなって、有頂天となった。

八

旅籠花月楼の二階の部屋で、十兵衛は寝転び考えに耽《ふけ》っていた。

二階に上る足音が聞こえてくると、十兵衛はその身を起こした。

「ただ今戻りました」

猫目が戻って、襖越しに声がかかった。

「早かったな。さすが、猫目だ」

部屋に猫目を入れると、さっそく労《ねぎら》った。

「用を片づけてからと言ってましたので、あとからおっつけ来ると思いますぜ」

「そうかい、助かるぜ」

五郎蔵と菜月が来れば、さらに心強い。十兵衛の気持ちはさらに落ち着きを取り戻していた。

猫目のいない間に、十兵衛は探っていたところがあった。

巣鴨に戻り、お豊から聞いていた、組頭の田村三郎兵衛という屋敷をである。その中にいるお玉と会うための算段をどうつけるかが、十兵衛の肚《はら》であった。小作人を束ねる庄屋の屋敷といった様相である。門は閉まり、中の様子はうかがえなかったが、場所が知れればとりあえずはよしとした。

ついでに近在の住民に、田村三郎兵衛の評判を聞いた。すると、あまり芳《かんば》しい答えは返ってこない。

三郎兵衛は四十代半ばあたりの男で、三年前に内儀《ないぎ》を亡くしたころから素行はとみに悪くなったとの噂であった。二十歳を過ぎた倅《せがれ》が一人いて、これもまたどうしようもない放蕩息子《ほうとうむすこ》だと、評判はすこぶる悪いものであった。

十兵衛が、住人の話の中でふと気を留めたことがあった。

「――なんですか、得体のしれねえ男たちが出入りしてるようで、あまりあの屋敷には近寄らねえようにしています」

倅の仲間か、遊び人風の男たちが朝となく夜となく出入りする屋敷であった。そんな悪評判の男に、なぜに巣鴨村三町の組頭をさせているのかが十兵衛には分からない。そのあたりを叩けば、埃《ほこり》が出てきそうだと十兵衛は踏んだ。

まさか、土地の顔役がと思っていたものが、ここに来て俄然怪しくなってきた。

十兵衛はしばらく三郎兵衛の屋敷を見張っていたが、それらしき男たちの出入りはなかった。そろそろ猫目が戻るころだろうと、十兵衛は見張りを解いて花月楼に戻っていた。

五郎蔵と菜月が来る間に、猫目にはそのことを語った。

「充分怪しくはありますねえ」

「そうだろう、猫目。とくに得体の知れねえ連中が出入りするって件《くだり》には、おれもピンと来たぜ」

「それにしても、お玉って娘がなんでそんな屋敷なんかに？」

「親父の人身御供《ひとみごくう》なんだろうよ……かわいそうに」

お豊の話では、田村三郎兵衛の手懸けだと聞いていた。

お玉のあどけない顔を思い出し、十兵衛は盗みとはかかわりがないことを祈った。

しかし、状況はお玉にとってすこぶる不利である。

「やはり、お玉って娘が手はずをしたんでしょうかねえ」

「そうかもしれねえな」

思いたくなくても、十兵衛としてはそう答えざるを得ない。

「待てよ……」

このとき十兵衛の頭の中に、ふと疑問がよぎった。

——なぜに無頼奴の親分である文五郎が、田村の言いなりになっているのだ？

「どうかしましたかい？」

天井を向いて考える十兵衛に、猫目が問うた。

「いやな……」

十兵衛は、猫目の問いに思い浮かんだことを言った。

「さいですねえ。田村って奴は、そんなに偉いんで？」

「組頭っていうくらいだから、そりゃ偉いのだろう。一応は代官の覚えがあって、町や村を取り仕切る役人……そうか、賭場の目こぼしか」

「賭場の目こぼしってのは？」

「それはだな……」

文五郎一家の賭場は巣鴨にある。白昼堂々と、天下のご法度《はっと》である博奕を開帳できるのは、組頭の目こぼしによるものだと十兵衛は踏んだ。その謝礼として、自らが営む旅籠の飯盛女を差し出す。そんな図が十兵衛の脳裏にはっきりと浮かぶ。

「まあ、そんなところだろうよ」

飯盛旅籠と田村三郎兵衛のかかわりが、おぼろげながらも分かってきた。だが、まだ不明なところがいくつもある。

「なんで、おれの荷だけを狙ったのだ？」

十兵衛が疑問の一つを口にしたところで、襖《ふすま》の外から声がかかった。

「十兵衛様を訪ねて、お客さんがお見えになりました」

お豊の声であった。

「五郎蔵と菜月だな……通してくれ」

十兵衛が返すと同時に、襖が開き五郎蔵と菜月が部屋の中へと入ってきた。

「どうぞ、ごゆっくり……」

すでにお豊には、猫目がもつ五両の中から破格の代金を渡してある。その分扱いは丁重であった。

四畳半の中に四人がごった返す。半畳の畳を真ん中に、四人が車座になった。

「ご苦労だったな。さっそくだが……」

十兵衛がこれまでの経緯を、余すところなく五郎蔵と菜月に語った。そして、今しがたまで猫目と語ったところまでを聞かす。

「そうでしたかい……」

詳しく話を聞いて、とんだことになったと五郎蔵と菜月の顔が渋みをもった。二人とも眉間に深い皺を刻ませている。

部屋の中は、重苦しい空気が漂った。

「ちょっと、息苦しくなってきたな」

空気が澱《よど》んできたと、十兵衛は表通り側の障子戸を開けた。そして、何気なく下を見やった。

「おやっ？」

すると、通りに見覚えのある顔があった。箕吉が通りの反対側に立ち、きょろきょろとしている。

「おい、箕吉に尾《つ》けられてなかったか？」

十兵衛が向き直り、誰ともなく問うた。

「なんですって？」

あれほど注意して武蔵野屋の前を通ったのにと、猫目は訝しそうに首を傾げた。

「どうやら堀衛門さんは、様子がおかしいのに気づいたようだな」

「それで何が起こったのかと、箕吉を差し向けたんでしょうかね」

十兵衛の言葉に、五郎蔵が返した。

「猫目、ちょっと行って箕吉を呼んできな……あっ、おれが行ってくる」

外にいる箕吉を見やりながら十兵衛が言うと、そのまま駆け出すように下りていった。残された三人が、何があったのかと首をそろえて外を見やった。


「おい、箕吉……」

「……十兵衛さま」

うしろから声をかけられ、箕吉は仰天した顔を振り向けた。

「驚くのはこっちのほうだぞ」

「すいません。気づかれないようにしてたのですけど……」

「往来できょろきょろしてりゃあ、すぐに気づかれちまうよ。ところで、ここに箕吉が来たわけはおおよそ分かっている。旦那さんからの言いつけだろう?」

「左様です。何か様子がおかしいからと……」

「詳しいことはあとで聞くとして、箕吉に頼みがある」

「なんでしょう？」

「あそこに風体のよくない奴らが並んで歩いてるだろう」

「あの人たちですか？」

巣鴨のほうに向かって、四人が横になって歩いている。箕吉は人差し指の先を向けて訊いた。

「そうだが、指を差すのではない」

「すいません」

「あの男たちがどこに行くか、尾《つ》けて来てくれないか。おれたちは向かいの旅籠にいる」

十兵衛に言われ、箕吉が向かいにある花月楼の二階を見上げると、三人が手を振っている。箕吉は三人に向け頭を下げると、そのまま足を巣鴨に向けた。

なんで男たちのあとを尾けるのだとの疑問が残るものの、箕吉の思いはこれまでになく嬉しくあった。十兵衛たちの、仲間になったような気がしたからである。

十兵衛が、部屋へと戻る。

「箕吉は帰ったの？」

菜月が十兵衛の顔を見るなり訊いた。

「いや、ちょっと用事を頼んだ」

「用事ってのは……？」

「実はな……」

十兵衛が道を見下ろしたとき、通りがかった四人の顔に見覚えがあった。きのう、滝野川の居酒屋にいた四人組の者たちであった。そのとき女将は、土地の者ではないと言っていた。それが近在の板橋あたりをうろちょろしている。十兵衛は心に引っかかるものを感じ、箕吉にあとを尾けさせたのであった。

五郎蔵の問いに、十兵衛は余すところなく話しておいたほうがよいと、思うところを語った。

「この度のこととかかわりがあるかどうか分からんが、なんとなく訝しく感じてな……」

「なるほど。箕吉も、こんなときに重宝《ちょうほう》ですね」

菜月が笑みを浮かべながら言った。

そして、話は盗難のつづきに入る。

「こいつは、その田村って組頭が怪しいですな。お玉っていう娘をそそのかし……」

「お玉って娘とは、十兵衛さんは何もなかったんでしょうね？」

五郎蔵の話を途中で遮り、菜月は十兵衛に向き直った。

「あるわけないじゃないか。おれは酒を呑んでて、眠らされたんだぞ。それと、花月楼がこんな宿とは知らなかったんだ。文五郎の子分である三下の、口車に乗ったのが迂闊であった」

「まあ、それはどうでもいいことで、話を先に進めませんか」

話が途中で終わっている五郎蔵が、先を促した。

「どこまで言ったっけかな……？」

「お玉っていう娘をそそのかしってところまで……あっしもそう思いますぜ」

猫目が口にする。

「これで、田村三郎兵衛ってのが絡んでいることに間違いはなかろうな」

十兵衛の言葉に、三人の意見もそろった。だが、なぜにこそ泥である枕探しなんぞをとの疑問は残る。十兵衛はそんな思いを口に出した。

「そいつは、捕まえてから吐かせればいいんじゃありませんか」

「五郎蔵の言うとおりだな。奴らの事情《わけ》なんて、知ったところでどうでもいいしな。こっちは、荷物さえ戻ればいいことだ。さてと、どうやって乗り込むかだな」

これからの手立てのほうが大事と、話は先のほうに向いた。

そこに、お豊の声が襖越しにかかった。

「箕吉さんという方がお越しで……」

ずいぶんいろいろな人が来ると、お豊の声音は不審感が漂うものとなっていた。

お豊は文五郎と気脈が通じている。その文五郎は、田村の言いなりである。お豊には話が漏れぬようにと、十兵衛は三人に対し注意を促していた。

ならば旅籠を変えればよさそうなものだが、花月楼にはまだ何かあると十兵衛は踏んで動かずにいた。

「通してくれ」

十兵衛が言うと同時に襖が開き、箕吉が入ってきた。

「分かりましたよ、十兵衛さ……」

「堀衛門さんは元気か？」

箕吉の言葉を、十兵衛は遮《さえぎ》る。

「きのう会ったばかりじゃないですか？」

変なことを訊くなと箕吉は思ったが、これには理由《わけ》があった。

事情を知らぬ箕吉の口から、動きがお豊に知れてはまずいとの配慮であった。

十兵衛が顎《あご》で合図を出す。すると猫目は、少しだけ襖を開けて廊下を見やった。

「猫目……」

「いませんぜ」

猫目が首を振りながら言った。

「何が分かった、箕吉？」

「あの四人が行ったのは、巣鴨ってところでして……」

「巣鴨……？」

巣鴨と聞いて、十兵衛たち四人は互いの驚く顔を見やった。しかしまだ、巣鴨のどことは箕吉は口にしていない。

「あるお屋敷に入っていきました」

お屋敷と聞いて、四人の驚嘆は収まらない。

「どこの屋敷だ？」

身を乗り出して、十兵衛が訊く。その形相に、箕吉は怯《おび》えをもった。

「表札が出てないので分かりません」

「まったく、これだから素人は……」

駄目なんだと、菜月のさげすむ目が箕吉に向いた。

「話は最後まで聞いてくださいな。それじゃ餓鬼《がき》の使いでしょ。ちゃんと近所の方から聞いてきましたよ。そのお屋敷というのは……」

「屋敷というのは……？」

「田村三郎兵衛……」

うわーっという歓声が、花月楼の一室で沸き起こった。

第三章　春は何処《いずこ》に

一

話は前夜に遡《さかのぼ》る。

「お玉、あの黒ずくめの侍の酒にな、この薬を入れろ。ちょっとばかり眠らすだけだ、殺す毒ではないので何も心配はない」

「おれはいやだ。いくら若旦那さんの頼みといったって、それだけは勘弁してくれろ」

花月楼の一室での会話であった。隣の部屋には聞き取れぬほどの小声で、客とお玉とのやり取りであった。

「それだけやってくれたら、おれはお前と世帯をもつ。だが、これ以上いやだといったら、お玉は一生宿場女郎から抜け出せぬようにしてやるからな」

「なんであのお侍さんの荷物がほしいんだべ？」

「あの中にはな、大層なものが入っていると踏んでいる。又造《またぞう》たちがそう言っていた。昼間、お浜のところの居酒屋でな、又造たちがあの侍を見かけたのだ。大事そうな荷を抱えているとな。金目のものかどうか知れんが、重要なものであることは、間違いない」

男の話に出てきた又造とは、滝野川の居酒屋で昼から酒を呑んでいた四人組の一人である。

「でも、やっぱりいやだ……おれ」

「聞き分けのねえ女だな。だったら、こうしてやる」

言うが早いか、客の男はお玉の横っ面を二往復ばかり平手で叩いた。

「痛えよ、若旦那さん。分かったから、やるべよ……」

「端《はな》からそう言やあ、痛え思いをしねえで済んだんだ。馬鹿やろめが」

畳に伏せるお玉に、客の男は吐き捨てるように罵声《ばせい》を浴びせた。

「こいつを酒に混ぜろ。そしたら、お前は晴れて田村一郎太《いちろうた》さまの女だ。早いところ行って、用を済ませて来い」

男は、田村三郎兵衛の倅《せがれ》で一郎太という名の極道《ごくどう》であった。

「分かったべ……」

油紙に包まれた粉の薬を、十兵衛の徳利に含ませお玉が配膳に向かったのは、それから間もなくであった。

十兵衛がぐっすりと眠るのを見計らい、一郎太は部屋へと忍び込む。

部屋の隅にある、小さな葛籠《つづら》を見つけると大事そうに抱え込んだ。

「……薬が効いていやがるな。だったら行きがけの駄賃だ」

手下の又造たちから聞いている。財布には大枚が入っていると。

一郎太は呟くと、十兵衛の懐に手を入れて財布ごと引き抜いた。

十両近く入った財布はずしりと重い。

「いい小遣いになるぜ……」

盗み終えた一郎太は、自分の部屋へと戻る。そこには、お玉が待っていた。

「おい、お玉。一緒に帰《けえ》るぞ」

「でも、旦那さんが……」

「文五郎に話はつけてある。いいから、来るんだ」

「そんならおれは、若旦那さんの女ってことだべか？」

「………」

顔を輝かして言うお玉の問いに、一郎太の答えはなかった。

「そんじゃ、今支度をするべ」

「そのままでいいから、早く一緒に来い」

お玉を居残したら、黒ずくめの侍は強く問い詰めるであろう。お玉がばらさないともかぎらないと懸念し、連れていくのが一郎太の本心であった。

帳場に明かりが点《とも》っている。

「文五郎親分、お玉を借りていくぜ……」

「若旦那の好きなようにしなせえ」

大事な女郎が連れていかれようとも、一郎太には無頼奴の親分も寛大であった。

「そうだ、親分に頼みがある」

「なんでやす？」

「朝になって騒ぎが起ころうと、絶対に知らぬ存ぜぬでいてくれ。頼むぜよ」

「何があったか知りやせんが、若旦那の頼みとありゃあ聞かねえわけもいきやせんぜ」

お豊は二人のやり取りを黙って聞いていた。顔は訝しげな想いで歪んでいる。のちに、お豊が田村の名前を出したのは、良心の呵責《かしゃく》に堪えられなかったのかもしれない。

十兵衛が慌てた様子で帳場に顔を見せたのは、そんなやり取りがあったあとの、半刻後のことであった。


暗い夜道を小荷物を抱え、一郎太はお玉を連れて巣鴨の屋敷へと帰った。

武士でなくとも、名字帯刀を許された村の名士である。茅葺《かやぶ》き屋根の母屋《おもや》は広い。

「お父っつぁん、かっぱらってきたぜ」

四人の無頼風の男たちを前にして、田村三郎兵衛が酒を酌み交わしている。

「おお、お玉かよく来たよく来た。わしの隣に座れ」

好色そうな三郎兵衛が、お玉に手招きをする。

「若旦那さんの嫁じゃ、ねえだべか」

「お前みたいないい娘、誰が倅なんぞに渡すものか。それにしても、若いのう。言葉に訛りがあったかて、わしはこんなかわいい娘が大好きじゃ」

「やんだ、おれ。帰らせてくれべよ」

逃げ出そうとするお玉を羽交い絞めにしたのは、一郎太であった。

「黙っておとなしく、お父っつぁんの言うことをきかねえかい」

またも張り手を食らうとの怯えから、お玉はその場に崩れ落ちた。

「お玉、あとで相手にしてやるからのう。向こうの部屋でおとなしく待っておれ」

三郎兵衛がにやけた顔で、お玉に言う。

「おい、千太《せんた》。お玉を隣の部屋に連れていって、逃げ出さねえよう見張ってろ」

「へえー」

四人の中でも、一番愚鈍そうな男に一郎太はお玉の番を命じた。

五人の真ん中に、小さな葛籠が置いてある。

「さてと、何が入ってるんだい？」

「ことと次第によっちゃお宝だぜよ、お父っつぁん」

「昼間、又造たちが盗んできやがった荷の中身はつまらねえもんだったからな」

「どうもすいやせんでした」

三郎兵衛の咎《とが》め口《ぐち》に、又造たちの頭が下がった。

「今度は、間違いないだろうな。お代官様に差し上げて、喜んでもらえるもんなら文句はないいぞ」

一郎太の手で、今まさに十兵衛が背負ってきた葛籠の蓋が開けられようとしている。

五人の目が葛籠に集まると、ゴクリと生唾を呑む音が聞こえた。

「よし、開けるぞ」

一郎太が声を発し、蓋《ふた》を取った。すると、軽く巻かれた草紙紙《そうしがみ》大の和紙が十四枚入っている。

「なんだこれは？」

裏返しであるため、そのままではなんだか分からない。

一郎太が箱から取り出して表にした瞬間、五人の目が釘付けとなった。うわっと、驚く声も漏れる。

「すげえもんだな、こいつは。それこそお宝だぞ」

三郎兵衛が、目を見開いて凝視する。

「おい、薄暗くていけねえ。百目蠟燭《ひゃくめろうそく》を三本ほどつけろ」

又造たちの手で百目蠟燭に灯《とも》が点されると、部屋の中は昼間のように明るくなった。

「こんなの、初めて見たぞ……」

三郎兵衛の口から、涎《よだれ》すら垂れている。

和紙に描かれていたものは、あられもない恰好で男女の性交を精巧に写し取ったいわゆる春画《しゅんが》というものであった。色彩も鮮やかに描かれている。

隅《すみ》のほうに一行文字が書かれ、その脇に『歌喜世《うたきよ》』と、朱色の落款《らっかん》が印《しる》されている。

当世名代の画家『春川《はるかわ》歌喜世』の手による、原画であった。

又造が手に取り、一枚をめくろうとする。

「汚ねえ手で触るんじゃねえ」

三郎兵衛によって、たしなめられる。

数えると十四枚ある。一郎太が一枚ずつめくって見せた。

「どれもこれも、すげえもんだな。下半身が疼《うず》くぜ」

「若旦那、早く次をめくってみてくだせえ」

与作《よさく》という男が、一郎太に嘆願する。

「焦るんじゃねえ。与作……」

一郎太がゆっくり十四枚をめくり終えると、誰からともなく「ふーっ」と大きなため息が漏れた。

「若旦那、もう一度最初から見せてくれませんかね」

「ああ、なんど見たって飽きやしねえな」

すげえすげえと、画《え》がめくられるたびに口から漏れる。それが、四度ばかり繰り返された。

「こんなものが世の中にあるんだなあ。まいったぜ」

四十半ばにして、春画を初めて目にした三郎兵衛はふーっと悦楽のこもる息を吐いた。

「お父っつぁん、これを差し出せば代官様も喜ぶんじゃ……」

「いや、一郎太。代官様には、こんないいもの全部上げることはねえだろ。四枚ばかりあげときゃいい。あとの十枚はうちの家宝にしておく」

「あとでまた、じっくりと見るとしようぜお父っつぁん」

「そうするか」

十四枚のうち四枚が代官に差し出すため抜かれ、十枚の画は半分に丸められて、葛籠箱の中に再び収められた。

「若旦那、どうも下のほうが疼いて、治まりがつきませんぜ」

又造が腰をくゆらせながら言う。あとの二人も股間あたりが膨らんでいる。画《え》を見ていないのは、お玉の番をしている千太だけであった。

「だったら、今から平尾宿にでも行ってくりゃいいじゃねえか」

まだ夜四ツ前である。岡場所の明かりはまだ煌煌《こうこう》と灯《とも》っている。

一郎太は、十兵衛から盗み取った財布の中から二両取り出すと、又造に渡した。

「これで、遊んで来い。そうだ、花月楼だけは行くなよ」

「ありがてえ。それじゃ、遠慮なく……」

いつになく気前のいい一郎太に、又造たち三人の頭は大きく下がった。

「千太も連れてってやれ」

「へい」

血気盛んの若者たちである。我慢ができぬとばかり、飛び出すように屋敷から出ると夜道を平尾宿へと急いだ。

二

「お父っつぁん、もう一回見るかい？」

又造たちがいなくなったところで、またも葛籠の蓋が開けられた。

三郎兵衛と一郎太の親子で、春画を舐めまくるように見やる。

「おい、一郎太。そんなに見てると絵に穴が開いちまうぞ。わしはお玉と……」

「お父っつぁん、お玉はおれが連れてきたんだぜ」

立ち上がった三郎兵衛を、一郎太は口で止めた。

「何を言ってやがる。お玉は端《はな》からわしの女だ。お前には自分の手という、便利なものがあるじゃねえか」

「お父っつぁんこそ、何をくだらねえことを抜かしやがる。お玉はおれを……」

一郎太の口答えが、三郎兵衛の逆鱗《げきりん》に触れる。

「てめえ、親に向かってなんてえ口の利き方だ！」

三郎兵衛が怒鳴り返した。

とうとう、お玉を巡り親子喧嘩と相なった。

しばらく口論の挙句《あげく》、親の権限を駆使した三郎兵衛は、倅の一郎太を下げさせると隣部屋を仕切る襖を開けた。

「お玉……かわいがってやるぞ」

行灯だけの、薄明かりの部屋にはお玉はいない。

「お玉、どこに行った？」

いなくなったお玉に、三郎兵衛はうろたえる。

「一郎太、お玉がいなくなったぞ」

明かりが漏れる一郎太の部屋の前で、襖越しに声を投げた。

「知るけえ、そんなもの」

つれない一郎太の返事であった。

平屋二百坪の建屋には部屋がいくつもある。お玉は、親子喧嘩をしている隙にそっと部屋から抜け出すと、蒲団部屋らしきところに隠れ、押入れの中へと潜り込んだ。

「お玉、どこに行ったんだ？　お玉ぁー……」

お玉を捜す、三郎兵衛の声が聞こえてくる。お玉は押入れの蒲団を頭から被《かぶ》り、ガタガタと震え、嵐の過ぎて行くのを待った。

「文五郎親分のところに行って、お玉が逃げたと言ってこい」

一郎太のいる部屋の襖を、ガラリと音を立てて三郎兵衛は開けた。すると、下半身を丸出しにして、あられもない恰好で一郎太が寝そべっている。

枕元には春画が一枚置いてある。

「いきなり入ってくるんじゃねえ！」

みっともないところを見られた一郎太が、父親を怒鳴りつけた。

「すまねえな、一郎太。お玉が足抜けをしたんだ。すぐに文五郎親分に報せねえと……」

「駄目だぜお父っつぁん、今騒いだりしちゃ。葛籠を盗んだのはおれたちだとばれちまうじゃねえか」

身なりを整えて、一郎太が落ち着いた声で言った。


話は翌日に戻る。

平尾宿の飯盛旅籠で抑えられない欲求を吐き出した四人が、帰るところを十兵衛は目にしたのであった。

箕吉が尾けていた四人組が、田村三郎兵衛の手の者と知って十兵衛たちは、これまでにない驚嘆の声を発した。

「あの居酒屋で、旅人の荷物を盗んだのも、あいつらだろうぜ」

十兵衛が決めつけたように言った。

「田村ってのは、盗人の親玉かもしれませんね」

菜月が、話を添える。

「ああ、組頭ってのを隠れ蓑にしてな。やっぱり、手下が客となってこの宿にいたんだぜ。となると、文五郎は知ってやがるな、そいつのことを……」

「文五郎ってのをとっちめて、吐かせますかい？」

五郎蔵が拳を握って口にする。容赦しないとの構えであった。

「いや、それはよしたほうがいい。むしろ、田村のことは知らぬ存ぜぬでいたほうがいい。下手《へた》に騒いだら、あいつらはもう荷を開けているんだぜ。中身がなんだか知らないが、たぶん極秘のものだ。どさくさに紛れて、そいつが表に出ようものなら……」

「まずいことになりますねえ」

五郎蔵が、十兵衛の言葉尻をなぞった。

「要は、田村の屋敷から荷を取り返せばいいことだからな。逆に、文五郎には悟られんほうがいい。ここは、静かに探ったほうが得策だ」

「なるほどですねえ……」

今朝ほどのうろたえ方と違う。十兵衛の頭は、別人のように冴えてきたと猫目は思った。

「もう、この宿にはいないほうがいいんで、別の宿に移ろう。ああ、女郎宿でないまともな宿にな」

それでもまだ、田村三郎兵衛の仕業とは決め込むほどの証《あかし》はない。この後の策は、別の宿に移ってからにしようと、十兵衛は言葉を添えた。

話は箕吉も聞いている。

「そういうことなんだ、箕吉。絶対に荷は取り返すから、戻ったら堀衛門さんに伝えてくれ。なんでもなかったとな……」

「なんでもなかったとでは、旦那様はご納得しません。もっとうまい言い繕いがございませんでしょうか？」

十五歳の小僧にしては、考え方がひねていると十兵衛は箕吉を見ながら思った。

どんな言い繕いがいいのか、四人で考えてもよい案が浮かばない。急病や大怪我というのも当事者が十兵衛では不自然である。

「でしたら、正直に言うのがよろしいのではございませんか」

箕吉が、脇から口を出した。

「それでは、堀衛門さんの不安が募るだけだろう」

「いえ、四人さんして取り返しにかかっていると言えば、むしろ旦那様はご安心されると思います。それと、万が一しくじった場合、旦那様が何も知らなかったでは済まされんでしょう。ご依頼者に対する、腹積もりもしとかねばならんでしょうし。心配で気持ちが塞《ふさ》ぐほど、旦那様は柔《やわ》ではありません」

小僧の箕吉から堀衛門の人となりが語られ、十兵衛は気持ちが救われる思いであった。

「旦那様は、十兵衛様たちを心底から信用なさってますから」

「箕吉、ありがとうよ。励みになったぜ」

「それでは、手前から旦那様にはうまく言い伝えますので……」

と言い残し、箕吉は去っていった。

「堀衛門の旦那が、箕吉をかわいがるのも分かりますね」

菜月が、ポツリと口にした。


箕吉が去ったあと、四半刻もたたず十兵衛たちは宿を移すことにした。

「もう荷のことはあきらめた。ここを引き払うぞ、世話になったな」

「役に立たねえですまなかったな、お侍さん」

お豊のうしろに立っていた文五郎が、十兵衛に向けて言った。

「こちらこそ、騒がせてすまなかった。それで、勘定はいくらだい？」

「すでに一両もいただいてますから、けっこうです」

猫目がきたとき、一両の金を渡してある。大枚ではあったが、おかげでお豊の口から田村三郎兵衛の名を聞き出すことができた。これが何よりの収穫であった。

「そうかい、大勢してすまなかった。みな仲間で、芝から心配で駆けつけてくれたんだ。気持ちの収まりがついたんで、引き上げることにする」

「さいですかい、それじゃ道中お気をつけて……」

文五郎の殊勝《しゅしょう》なもの言いに、十兵衛はむしろ不快な心持ちとなった。

日本橋に戻る形で、花月楼から少し離れた旅籠に十兵衛たちは入った。平尾宿でも、数軒は飯盛女のいない宿がある。

その宿は平尾宿の外れで、滝野川との境にあった。

「ちょっと汚いが、ここにするか？　巣鴨に近いし、だいいちあの手の旅籠ではなさそうだからな」

宿の造りは相当に古い。軒下にぶら下がる看板も、長年の風雨に晒されてか損傷が激しい。『宿』と一文字書かれているようだが、近づいてよく見ないと判読は不能であった。

遣戸の建てつけも悪い。ガタガタと音を鳴らして、十兵衛は油障子を開けた。

「ごめんなさいよ」

五郎蔵が土間から中へと声をかけた。

「へい、いらっしゃいませ」

腰の曲がった、六十歳をとうに越したと思われる老婆が奥から顔を出してきた。

「お泊りさんで……？」

「四人ほどだが、頼めますかい？」

「団体でございますねえ。そりゃ喜んで……いま、すすぎをもってきますから、ちょっと待っててくださいな」

よろよろとした足取りで、老婆は奥へと入っていく。ほかに人はなさそうである。

しばらく待っても、老婆は現れない。どうしたのだろうと、四人が首を傾げたところで、件《くだん》の老婆が重そうに水の入った桶をもって奥から出てきた。

「猫目、手伝ってやれ」

「へい」

「すまねえな、あんちゃん……」

それからというもの、猫目が井戸に行っては水を運んできた。

「申し遅れましたが、あたしがここの女将で寅《とら》といいます」

「女将さんですか。仲居《なかい》さんなどはいないのですか？」

菜月がお寅に近づいて問うた。

「へえ、いません。あとは亭主が一人いるだけで、今中気《ちゅうき》でもって床に臥《ふ》せっております。そんなんで、食事は出せませんし蒲団も自分で敷いてくださいな。何もお構《かま》いできませんが、夜露だけは凌《しの》げるのがこの宿のいいところで……」

「どうします、十兵衛さん？」

この宿でいいかと、菜月が訊いた。

「かえって、構われなくていいだろう。それと、ほかに泊り客もなさそうだし、そいつも好都合だ」

何よりも十兵衛がよいと思ったのは、田村三郎兵衛の屋敷から、二町と離れていないことだ。それと、きのう立ち寄った居酒屋もはす向かいにある。なんとなく、そこの女将も味方になってくれそうな気がする。

「二階に三部屋あるから、好きなところを使ってくださいな。あたしは、階段が上れませんので、ここで失礼をするよ」

自分の家に戻ったような気安さとなった。

松の間と隣り合わせに、竹の間と、向かい部屋に梅の間がある。

「松竹梅って、陰聞き屋の料金体系みたいですね」

柱にかかる部屋の呼称を見て猫目が言う。

「まあ、きれいな部屋」

松の間に入った菜月は驚く声を放った。

八畳の間は畳が新しく、調度の家具もきちんとしている。

「あのお婆さんが掃除をしているのかしら？」

菜月が不思議そうな顔をして問うた。

「階段を上れんと言ってたからな。まあ、いいじゃないか。思ったよりちゃんとしていて」

十兵衛が笑みを浮かべて言う。

「ここなら、おあつらえ向きだ」

十兵衛は雨戸を開けて、外を見やった。窓の外は中山道である。向かいに、居酒屋が見える。

正午を報せる鐘が鳴って、しばらくが経つ。これからの策を練る前に、四人は空腹を覚えた。だが元は忍びである。一、二日何も食べなくても、我慢をする修練は積んでいる。それよりも、荷の奪還のほうが先決であった。

きのうの今時分である。

「猫目、あの居酒屋を見ていてくれないか」

もしかしたら、遊び人風の四人がまた来るかもしれないと、十兵衛は感じ取っていた。

ほかの部屋には誰もいない。

大きな声で話せると、表を見張る猫目にも聞こえるように、これからの策を練ることにした。

三

それから四半刻もしたころであろうか。

たいした策も思いつかず、考えあぐねているところであった。

「十兵衛さん……」

猫目が振り向き、小声で十兵衛を呼んだ。

「あいつらじゃ、ないですか？」

「なんだと！」

十兵衛は窓際に寄ると、居酒屋のほうを向いた。

「そうだ。間違いねえ……」

十兵衛は、その四人の一人が又造だという名までは知らない。その又造たちが、居酒屋へと入った。

「五郎蔵と菜月と猫目で、めしを食ってきな」

「十兵衛さんは？」

「おれは、奴らに顔を知られている。それと、あの中の一人が花月楼の客であったかもしれんのだ」

警戒されてもまずいとまで言わなくても、三人は事情を察した。

「それじゃ、行ってきますぜ」

ついでにめしを食ってこいという、十兵衛の配慮も感じ五郎蔵が頭を下げた。

「何を話しているか、余すところなく聞き取ってきます」

「いいから、早く行け」

十兵衛が駆り立て、三人は階段を音を立てて下りていった。

三人が居酒屋に入るのを見届けると、十兵衛はゆっくりと階段を下りた。

「女将さん、いるかい？」

用事があったら、声をかけてくれと言われている。十兵衛は言われた部屋の前に立つと、中に声をかけた。

「あら、お客さんじゃねえか。今、茶を飲んでたところだ。どうぞ、入りな」

「旦那さんですか？」

部屋に入ると、婆さん以上に老いた旦那が中気で寝ている。

「ああ、すまねえなこんな恰好で……」

「いや、そのままで……邪魔してすみません」

初対面の挨拶を交わして、十兵衛はお寅に向き直った。

年寄りとはいえ長年客商売をしてきた女である。のっけから用件を切り出すと警戒される。十兵衛は世間話から入った。

部屋がきれいになっているのは、五日ごとに近くに住む娘が掃除をしに来てくれるからだと、お寅は言った。

「道理で、きれいになっていると思いました」

十兵衛はうなずきながら、茶を一服する。

「お連れさんは？」

「向かいの居酒屋に、めしを食いに行ってます」

ここいらあたりが、本題の訊きどころだと十兵衛は思った。老婆に訊くのは、土地の者なら詳しいと踏んだからだ。

「ところで、女将さん……」

「なんだね？」

「このへんに、田村三郎兵衛って屋敷があるのを知ってますか？」

するると、中気で寝ていた主の顔が向く。

「田村だと？　あんな野郎になんの用があるんだい？」

口調に、恨みがこもっている。

「ちょっと……」

まだ本当のことは言えないと、十兵衛は口を濁した。

「あいつは、とんでもねえ奴だ。人間なんかじゃねえや、あの助平《すけべ》野郎……」

横になりながら、主は口汚く罵《ののし》った。

この旅籠が落ちぶれたのも、三郎兵衛のせいだと主は言う。

「十年ほど前になりますかねえ……」

お寅の口から経緯が語られる。まだ二人が元気で、番頭や板前、そして仲居たち奉公人が七人ほどいた、平尾宿でも大きな旅籠であった。

十年ほど前のある日、三郎兵衛が来て宿を飯盛旅籠にして女郎を置けともちかけた。頑《かたく》なに断った挙句の嫌がらせが、半端《はんぱ》でなく酷《ひど》かったとお寅は言う。

得体の知れない無頼を送り込んでは泊り客を脅しにかけたり、客の荷物をかっぱらうわと。いつしかそれが噂《うわさ》になり、泊り客はめっきりと減った。奉公人も、一人減り二人減りして、とうとう一人もいなくなった。そのうちに主も中気を患い、宿としての形態をなさなくなった。

「それでも、看板はぶら下げてましてねえ、細々と営んでました。お客さんたちは十日ぶりの客なんですよう」

「これもみんな、あの田村って野郎のせいだ」

お寅の話に、亭主が言葉を添えた。

十兵衛はお寅の話の中に、一言あったのが脳裏にこびりついていた。

「話の中に、客の荷物をかっぱらうとかありましたが……?」

「汁ものの中に眠り薬かなんかを入れましてねえ、客がみんな寝静まったころ銭金からもち物まで、みんなかっさらっていったことがありました。うちの板前や仲居を脅《おど》しにかけてやらかしたんですよ。しかし、田村は代官の息がかかった組頭ですから、すっ呆《とぼ》けられて……そのときは証《あかし》もなくて、うやむやになってしまいました」

「どうしてそれが、田村の仕業だと?」

「板前がここを去るときに、明かしたんです。そのことがあってから四年も経ってましてねえ、訴えても詮《せん》無いこととあきらめました」

――そのとき犯した枕探しの味が忘れられなくて、今も引きずっているのか。

そこまで聞けば充分だと、十兵衛は大きくうなずく仕草を見せた。

四人のならず者たちの話を、五郎蔵と菜月、そして猫目がそば耳を立てて聞いている。気配を気取られぬように。

「しかし、あの絵はすごかったなあ。春画っていうのかい、初めて見たぜあんなの」

言った男が又造って名であることを、まだ三人は知らない。

「又造兄貴。あっしは、見てませんで……」

「そうだったいなあ。千太はお玉って娘を見張ってたから、見損じてたんだっけな」

お玉の名が出て、五郎蔵たちは一瞬息を呑み、横目で四人たちを見やった。そんな素振りが相手に気づかれてはまずい、すぐに気持ちを戻した。だが、ならず者たちは話に夢中になっていて、その気配には気づかない。

「あんな絵を見せつけられちゃ、収まりがつきやせんさ、ねえ」

「与作なんかは、股ぐらが膨らんでやがったな」

「半次《はんじ》だって、そうじゃねえか」

これでならず者たち四人の名は知れた。

「ゆんべの、芳月楼にいた女郎の味は格別でやしたねえ、兄貴」

「ああ。珍しく一郎太さんが二両もくれたから、おかげでゆっくりと遊べたしな」

「それにしても、一郎太さんが懐から取り出した財布は、いつもとは違って……」

「馬鹿野郎。余計なこと言うな、半次……」

言いながら又造の目は、五郎蔵たち三人に向いた。

「これから芝まで戻るのは、億劫《おっくう》だねえ……」

咄嗟に菜月が機転を利かせる。そちらの話は聞いてませんよとばかりに、気配を外した。

「一郎太さんはあんな助平な絵を、どこからもってきたんです？」

「おれたちは知らなくていいことだ。余計なことを訊くんじゃねえ」

「すいやせん」

「もういいや、その話は。めしを食ったら、王子に戻るぞ」

「へい……」

又造の話に、三人の返事がそろった。

「すいません、お勘定」

菜月が立ち上がり、勘定を済ます。その間に、五郎蔵と猫目は居酒屋の外へと出ていた。

「女将さん、王子への道は？」

小声で菜月が女将に訊いた。

「脇の道を真っ直ぐ行けば……」

女将の声も小さくあった。ご馳走さまと大きな声を出して、菜月は外へと出た。

「おれたちは少し行ったところで待ち伏せするから、菜月は十兵衛さんを呼んで来い」

分かったと言って、菜月は中山道をつっ切る。五郎蔵と猫目は、王子の方角に足を向けた。

一町も歩くと家は途絶え、道は雑木林の中を通る。ほとんど人が通らないのが、おあつらえ向きであった。

あまり遠くに行っても仕方ない。適当なところを見つけ、五郎蔵と猫目は立ち止まった。やがて、十兵衛と菜月が駆けつけ合流する。

「も少ししたら、奴らが来ますぜ」

五郎蔵が言ったと同時に、四人の姿が遠くに見えた。

十兵衛と菜月、五郎蔵と猫目が二手に分かれ、木陰に隠れる。

四人が三間《さんげん》まで迫ったとき、木陰から十兵衛と菜月が飛び出し、行く手を阻んだ。

「なんだ、てめえらは？」

昼でも暗い雑木林の中で、いきなり現れた二人に、四人のならず者は腰を引かせて
怯んだ。

「あっ、てめえはきのう居酒屋で……女は、今しがた……」

又造には行く手を遮られる理由に覚えがあり、咄嗟《とっさ》に身の危険を感じたようだ。

「おい、逃げるぞ」

四人は身を翻《ひるがえ》し、脱兎《だっと》のごとく走り出そうとしたとき、五郎蔵と猫目が姿を現し
逃げる道を塞いだ。

挟みうちとなった四人は、逃げるに逃げられなくなった。こうなると、抗《あらが》う以外に
ない。四人は王子に向かう往来で、懐に収めてある九寸五分《くすんごぶ》の匕首《あいくち》を抜いた。

「かまわねえから、やっちまえ」

又造が、弟分の三人をけしかける。

「おい、おれたちは訊きたいことがあるだけだ。そんなものをしまって、話を聞いて
くれ」

十兵衛が手をかざし、相手の殺気を宥《なだ》めた。しかし、いきり立つ相手には通じない。

「うるせえ、まずはてめえからだ」

又造は言うと同時に、匕首の切っ先を十兵衛に向けて突き出した。十兵衛は身をかわして、匕首をよけると懐にしまう鉄扇を取り出し又造の小手を打ち据えた。

「痛えぇ」

匕首が地面に落ち、又造は打たれた手首を片方の手で押さえている。

ほかの三人はというと——。

千太が菜月に襲いかかり、反対に腹を足蹴《あしげ》にされて地面にうずくまっている。

与作は五郎蔵に刃を繰り出すと、素手で匕首を払われ顔面に鉄拳を食らい地面で呻《うめ》いている。

猫目にかかっていったのは、半次であった。猫目も素手で相対する。半次の繰り出した匕首をかわすと、足の脛《すね》に自分の足首をかけた。すると、勢い半次の体はつんのめり、道を転がる。猫目は道に倒れた半次の腹を足蹴にして押さえつけた。

みな、さほどの怪我ではない。口はまともに利ける。

「おまえらは、田村三郎兵衛って知ってるか？」

十兵衛が、又造に問いかけた。

「ああ……」

抗う気持ちはなくなり、又造が小声で答えた。

「一郎太ってのは、その倅か？」

「そうだ」

「きのう、あそこの居酒屋で旅人の荷を盗んだのは、お前らの仕業か？」

「…………」

口では答えづらいか、又造は小さくうなずく仕草をした。

「なんで、他人様《ひとさま》の荷を盗む？」

五郎蔵が、半次の首を絞めて問い質す。

「くっ、苦しい……」

「言わねえと、もっと絞めあげるぞ」

さらに腕に力を加え、五郎蔵は問う。

「貢物《みつぎもの》……くえっ」

と言ったところで、半次は口から泡を吹いて意識が落ちた。

「死んじまったので？」

又造が、恐る恐る訊いた。

「ああ、そうだ。きちんと話をしねえと、おまえらもああなるぞ」

見せしめだとばかりに、五郎蔵は口にする。

「あの男が貢物って言ってたけど、どういうことなの？」

　菜月が、与作という男に顔を近づけて問うた。くっつくほどに若い女の顔を目の前にして、与作はたじろぐ。女の色香で、口を割らせようとの魂胆であった。

「しっ、知らねえ」

「菜月、そんな男に顔を近づけることはねえだろ」

　十兵衛が、苦笑いを浮かべて言う。そして、顔が又造に向いた。

「おまえが話せば、あの男を助けてやる。言わねば奴は、あの世行きだぞ」

　地べたに寝転ぶ半次を見て、十兵衛が言った。半次の顔が、だんだんと青ざめていく。

「言うから、頼む……」

「よし分かった」

　五郎蔵に向けて、十兵衛は目配せをした。五郎蔵は、半次を羽交い絞めするようにうしろ向きで抱え起こすと、背中に膝をあて活《かつ》を入れた。

「うっ」

　と、一声発して、半次の意識が戻る。

「さあ、助けてやったぞ。みんな話してもらおうか……」

「はっ、はい。あっしらは組頭の田村様の息子である一郎太さんから頼まれて……」

他人の荷物を狙う盗人であった。奪った獲物は、ものによっては豊島郡の代官への貢物にするが、たいがいは金に換えては遊びに使っているという。

問い詰めていくうちに、十兵衛の荷を奪ったのは一郎太であることを知った。

「箱の中に入っていたのはなんであった？」

「それが、なんともすごい絵でして……」

絵の中身を思い出したか、又造の口があんぐりと開いた。

「どんな絵だ？」

「男と女が素っ裸で絡み合う……それはもう……」

――届けようとしていた箱の中身は春画であったのか。

だが、中身がなんであろうと、請け負った仕事は確実に遂行せねばならない。

「これから荷を取り戻しに行こう」

「こいつらはどうします？」

「荷さえ取り返せれば、こいつらに用はない。早くしないと、代官の貢物になってしまうぞ」

五郎蔵の問いに、十兵衛が答える。

「おまえは田村の屋敷に案内をしろ」

三郎兵衛の屋敷に乗り込むのに、十兵衛は又造を使うことにした。

四

脇門を開けて田村の屋敷内へと入る。又造の、勝手知ったる家であった。

庭の両脇には納屋と別棟が建っており、典型的な庄屋の造りであった。茅葺《かやぶ》き屋根の母屋《おもや》が正面にでんと構えている。

又造は、母屋の遣戸《やりど》を開けて声を奥に向けて放った。

「若旦那、まだおりやすかい？」

声が奥へと届いたか、足音が廊下を伝わってきた。

「又造か……王子に戻ったのではないのか」

「へえ……」

と言ったきり、又造の言葉が出ない。

「おかしな奴だな。入ってくりゃいいじゃねえか？」

「大旦那さんは？」

「今帰ってきたところだ。奥で、またあれを……」

一郎太が言ったところで、又造はつんのめるようにして、広い土間に入ると三和土《たたき》に転がり込んだ。十兵衛が思いきり又造の背中を押したからだ。

「何してんだ、おめえ？」

「一郎太だな？」

十兵衛が土間に入るやいなや、一郎太に声をかけた。

「あっ、おめえは？」

一郎太には見覚えがあるらしいが、十兵衛は一郎太の顔を知らない。

「おれの顔を知ってるってことは、花月楼にいたってことだな」

「知らねえや」

惚ける一郎太に向けて、十兵衛は土間に転がる又造を足蹴にして見せた。

「こいつがみんなばらしてくれたぜ」

十兵衛のうしろに、五郎蔵と菜月、そして猫目も立っている。

「おれの荷があるところに、案内をしろ」

すでに一郎太の目には生気がなくなってきている。

「こっちだ……」

草鞋を脱ぐのももどかしいと、十兵衛たちは土足で上《あが》り框《かまち》に足をかけた。

「おめえはもういい。とっとと王子に帰りやがれ」

五郎蔵が、又造の腹に一発蹴りを入れて解き放った。

廊下を歩く途中で、襖の向こうから女のすすり泣く声が聞こえる。

十兵衛が襖を開けると、何も家具のない部屋の中ほどで娘が臥《ふ》せって泣いている。

「お玉……ちゃんか？」

覚えのある声に、お玉の顔が上に向いた。十兵衛がその顔を見て驚愕する。

「なんだ、その顔は？」

相当に殴られた痕があった。丸かったほっぺが、おかめのように大きく腫れあがっている。目の周りも、痣《あざ》ができ黒い縁ができていた。

「かわいそうに、誰にやられた？」

「あの人だべ……」

こわごわとした目をお玉は一郎太に向けた。

「てめえって野郎は……」

憤りで十兵衛も言葉が出てこない。

「菜月、お玉ちゃんを介抱してやってくれ」

「分かりました。だいじょうぶ、お玉ちゃん……」

「あっしは、水を汲んできまさあ」

猫目がお玉の傷を癒そうと、井戸に水を汲みに行く。

「ここは二人に任せよう」

一郎太に案内をさせ、十兵衛と五郎蔵はさらに奥へと進む。

「お父っつぁん、入るぜ」

「一郎太か……」

三郎兵衛の返事とともに、障子戸が音を立てて開いた。桟《さん》が通し柱にぶつかりカツーンとかわいた音が鳴り響いた。

十兵衛は、刀を抜いて三郎兵衛がいる部屋へと入った。

男と女が絡み合う絵が、畳の上に並べられている。

「よかったですね、貢物になってなくて」

五郎蔵が、ほっと安堵した口調で言った。

「そいつは、おれがあるところに届けなくてはならない頼まれものだ。返してもらいに来た」

切っ先を三郎兵衛に向け、有無は言わせない。

部屋の隅に、十兵衛が背負ってきた小さな葛籠《つづら》箱が置いてある。

「五郎蔵、あの箱にしまっといてくれ」

部屋の端っこで肩を抱《かか》え合いながら丸まっている三郎兵衛と一郎太に、刃を向けながら十兵衛が言った。

「すげえ絵だな、こいつは……」

五郎蔵が絵に見入っている。

「絵なんかゆっくり見てないで……しかし、えらい絵だなこいつは」

言いながら十兵衛も絵に目を落とす。

「菜月なんかには、見せたくはねえな」

お玉の介抱をさせてよかったと、十兵衛はそのとき思った。

「十枚ありますぜ」

五郎蔵は数えながら絵をまとめる。そして、葛籠箱に収め頑丈に蓋をすると、荷は元の形へと戻った。

四枚少なくなっているも、十兵衛は元からあった枚数を知らない。無事に荷が戻ったと思い、気持ちの晴れる思いであった。

「さてと、おれから盗んだ財布を返してくれ」

十兵衛は、一郎太の鼻先に切っ先を向けて言った。怯えながら一郎太は懐から財布を取り出し、十兵衛に渡す。

「三両ばかり、足りないな」

「すいません……」

三両を返したのは、三郎兵衛の財布からであった。

荷物と財布が返れば、ここには用がない。だが、憤りが十兵衛の心の内にくすぶっていた。

先刻年寄りの話を聞いたばかりである。そんな話も十兵衛の怒りに火をつけていた。

「二人とも、そこになおって正座しろ」

おとなしく三郎兵衛と一郎太は、部屋の真ん中で正座する。十兵衛は、その背後に回った。

「首を差し出せ。痛くはないから安心しろ」

「お父っつぁん……」

「一郎太……」

二人は震える声で今生《こんじょう》の別れを覚悟したようだ。あまりの恐怖で小便を漏らしたか、畳が濡れてきている。

「二度と悪いことはしないと、誓うか？」

「ええ、誓います。金輪際《こんりんざい》……」

三郎兵衛が言ったと同時に十兵衛は刀を振るった。閃光が奔《はし》り、スパスパッと小気味のよい音を発すると、二人の髷《まげ》が畳へと落ちた。

「その頭で、しばらくいろ」

殺したり傷をつけたりするのは、十兵衛のやり方ではない。ざんばら髪となった頭を三郎兵衛と一郎太の親子は互いに見合い、ガックリと肩を落とした。

まだ十兵衛にはやり残したことがある。

お玉から事情《わけ》を聞いた十兵衛は、田村三郎兵衛の屋敷から出ると足を花月楼へと向けた。

「お玉ちゃん、歩ける？」

「うんだ」

お玉も菜月に介抱され付き添われながら、花月楼へと向かう。

五人は花月楼に着くと、帳場の前に立った。

「文五郎はいるか？」

十兵衛が奥へと、声をかけた。

「文五郎だとう。誰でえおれを呼びつけにするのは？」

暖簾を掻き分け、文五郎が顔を出した。

「あっ、てめえは。まだ、こんなところをうろちょろしてやがったんか」

「親分に話があってやってきた。入らしてもらうぜ」

五郎蔵と猫目を外に残し、十兵衛と菜月に抱えられ、お玉も部屋の中へと入る。女将のお豊が、何があったかと部屋の隅で驚いた顔をして座っている。

「今しがた、田村の屋敷に行って荷を取り戻してきた。一郎太って倅《せがれ》が、このお玉ちゃんをそそのかして盗んだってことだ。それをあんたらは、見てみぬ振りをしてたんだな。本来なら、叩き斬られたって文句はいえないところだぜ……そうだろ？」

強面《こわもて》である柳生十兵衛ばりの様相は、相手を威嚇《いかく》するには充分だ。

「へえ……」

文五郎が渋々ながらもうなずく。

「だったら、あんたらの命と引き換えにこのお玉ちゃんをもらい受ける」

「なんだと！」

「えっ！」

文五郎とお玉の驚く声が同時に返った。しかし、二人の間では驚きの意味が異なる。文五郎は憤りで、お玉は喜びの声である。

「この娘には五十両って大枚がかかってるんだ。そうおいそれとは、渡してはやれねえぜ」

ここでおとなしく言うことを聞いては、無頼奴の親分としての名が廃《すた》る。文五郎は一家の威勢に懸けてもと、十兵衛の申し出を拒んだ。

「どうしても、駄目か？」

「そればかりは、聞けねえ」

「ならば、命をもらうだけだな。五郎蔵と猫目、入ってくれねえか」

十兵衛が外で待つ二人を中へと入れた。

「この文五郎を、表に引きずり出してくれ」

へいと返して、五郎蔵と猫目は両腕を抱えると文五郎を無理やり立ち上がらせた。

「何をしようってんだ？　こんなことして、ただじゃすまねえぞ」

口では抗《あらが》うも、がっちりと二人に両手をつかまれ文五郎は自由が利かない。

「その前に、こいつの髷もちょん切らせてもらうか」

十兵衛は刀を抜くと、文五郎の頭にもの打ちを置いた。刀を引けば髷は落ち、髪はざんばらとなる。親分の面目は、それだけで丸潰れである。

「髷をなくした頭に褌《ふんどし》一丁で、板橋宿を歩いてもらう。きのう今日、おれの受けた仕打ちの返礼は、本来はそんなもんじゃ済まされないからな」

文五郎に大恥をかかそうってのが、十兵衛の肚《はら》であった。

「おまえさん、お玉を解き放してやりなよ。このお方の怒りはもっともだと、あたしだって、ずっと思っていたよ」

十兵衛の怒りを収めるにはそれしかないと、お豊が口を添えた。

「分かったい、好きなようにしろ」

文五郎の言葉を聞いて、五郎蔵と猫目は抱える腕を解いた。

きのうから今日にかけ、長い一日であった。

昼八ツ半は過ぎて、お天道さまが西に傾きかけている。十兵衛は、お玉を熊谷の実家まで送り届けようと思っている。お玉の傷の癒しもあり、もう一晩老夫婦の宿で泊まることにした。

猫目も、この先十兵衛が荷をなくしはしないかと案じ、押田までついて行くことにしている。

五郎蔵と菜月は、これから芝に帰るのは億劫と、一晩板橋に留まることにした。

「向かいの居酒屋から、酒と食いものをたくさん仕入れてこよう」

老夫婦の旅籠に酒と肴をもち込み、その夜十兵衛たちは酒盛りとなった。

五

お玉を熊谷の実家に無事に送り届け、約束の八月二十日となった。

正午ちょうどに、押田城の正門に立って『春を届けました』と、門番に告げて荷を送り届ければ、それで任務から解き放たれる。

中身を知った十兵衛は『春を届けました』と言う意味が、分かるような気がして独りにやけていた。

猫目から、春画を見せてくれと言われても、十兵衛はけして荷を解くことはなかった。

お天道様が真南に昇った刻、正午を報せる鐘が遠く聞こえてきた。そのとき十兵衛は、押田城の門番を相手にしていた。

二人いる門番のうち、片方に十兵衛は話しかけた。

「春を届けに来ました」

とだけ、門番に告げる。

「正午ちょうどに、荷をもって来るお方がいると聞いておりましたが……少々、お待ちくだされ」

しばらく待たされたところで、門番が家臣を一人連れて出てきた。

「そなたが荷を届けてくれたのか、ご苦労であった。江戸家老横島玄馬様から、藩主ご次男である直春《なおはる》様への貢物だ。たいそう喜ぶものだと聞いておるが、拙者はなんであるか分からんのだ。さあ、荷を受け取ろうか」

「その前に、あなた様のお名を……」

「聞いてどうする？」

「どなたに預けたか聞いておきませんと、あとで何かあったとき面倒なことになりますもんで。それと、横島様にはどなた様にお預けしたかと、お話ししなければなりませんし……」

「もっともであるな。拙者は直春様に仕える小姓《こしょう》組の者で飯野与一郎《いいのよいちろう》と申す」

「……いいのよいちろう」

十兵衛は、その名を頭の中に叩き込むと、背中の荷を飯野に手渡した。

「荷が届いたことは、直春様から横島様に報せが行くということだ。案ずることもなかろう」

「分かりました、それでは失礼つかまつる」

これで役目は終わった。

ほっと一息ついた十兵衛は、猫目が酒を呑もうと待つ居酒屋へと足を向けた。昼は、押田名物の、利根川で獲れる鯰《なまず》料理を堪能しようとの腹積もりであった。

「……江戸の家老から、藩主次男への貢物か」

道すがら、十枚の絵を思い出し、十兵衛の顔に思わず笑みが生じた。

「……他人には秘密にしておきたいのは、無理もあらんか」

と、独りごちた。

十兵衛から届けられた荷は、飯野与一郎の手からさっそく藩主次男の阿部野《あべの》直春のもとに届けられた。

「若、江戸家老の横島玄馬様から荷が届きましたぞ」

「おう、来たか」

葛籠の小箱が、直春の膝元に置かれるも開こうとはしない。

「若、どうなされました？　荷を開けませんで……」

「そちがいては、開けづらいものだ。いいから、下がれ」

よほど他人には見せたくないのか、直春は人払いを命じた。荷の中身が気になるものの、仕方なさそうに飯野は部屋から出ていく。

直臣《じきしん》にも知られたくないものであるだけに、これで外部に届けの依頼を出した意味が分かる。

誰もいなくなった部屋で、直春は首を回しあたりを気にしながら、葛籠の蓋を開けた。

阿部野直春は、二十三歳の血気盛んな若者である。目を凝らして、春川歌喜世が描いた春画を見やっている。

「これはたまらん、鼻血が出そうだ」

言いながら直春は、十枚の春画を並べて置いた。興奮が冷めやらぬも直春の目は、肝心な男女の営みの画《え》から、別の部分に向いていた。

それぞれの絵の、端《はし》を凝視している。

直春の、そんな様子をほんの少し襖を開けて中をのぞいていた者がいた。

「……葛籠の中には何が入っていたのだ？　どうも気になる」

呟いたのは、飯野与一郎であった。

「……よほど面白いものが入っているのだろう」

飯野の呟きで、中の様子が知れる。

「あっ、あれはなんと……」

思わず大きな声が出そうになって、飯野は慌てて自分の口を塞いだ。

部屋の外で人の気配がするのも気づかず、直春は一心不乱で春画を見やっている。

――あんないいものを独りで見ているなんて、若殿も存外殺生《せっしょう》な男だな。

飯野は直春をさげすむ思いとなった。だが、どうも直春の様子がおかしい。

「……何をしているのだ？」

しばらくすると、直春は春画を一枚一枚並べ直している。端から見ていても奇妙な光景であった。

「からずときはいま、だと……？」

ときどき頭を捻って、考えている様子でもある。

「何をしている？」

声は飯野の背後でかかった。飯野が驚いてうしろを振り向くと、城代家老の米村《よねむら》左《さ》内《ない》が立っている。

「いえ、何も……それではごめんつかまつりまする」

「おかしな奴だな……」

そそくさとした様子で去っていく飯野の背中を見つめ、米村の体は襖に向いた。

「若、おられますか？」

「左内か……いいから入れ」

米村は、部屋に入った途端に驚嘆の声を発した。

「あっ、それは……！」

家老の米村に対しては、直春は春画を隠そうとしない。畳に並べられた春画を、米村はしばし食い入るように見つめていると、そのうちに袴の股間がもっこりとしてくる。

「左内も、元気がよいのう」

四十五歳になる家老の米村を、直春はからかった。

「そっ、それでございますか、江戸家老からの密書と申しますのは？」

「先だって来た横島からの書簡に書いてあったように、正午ちょうどに届いた。それが春画だったとはな、おれも最初に見たときはたいそう驚いたぞ」

世継ぎでないため、直春の言葉はくだけている。

「そりゃそうでしょうな。しかし、先の書簡には貢物を遣わすとありましたが、それにしても、なるほどと思いましたな」

十日ほど前に江戸家老である横島玄馬から届いた書簡は、阿部野直春と城代家老米村左内に宛てた書簡であった。

それには、こんな内容が書かれてあった。

八月二十日正午ちょうどに、外部の者が『春を届けました』と言って小荷物を届ける。箱の中身は直春様と米村殿以外は、ぜったいに知られぬようにと、注意書きも添えてあった。

「江戸家老の横島様も、ずいぶんと酔狂《すいきょう》な真似をなさりますな。このようないかがわしい絵を送ってくるのに、わざわざとたいそうなもの言いでありもうした」

「いや、そうではないぞ左内。この絵は密書の役目を果たしておるのだ」

「密書ですって？」

男と女が裸で絡み合う絵のどこにそんな文章が隠されているのかと、米村は目を皿のようにして、春画を見つめている。

阿部野直春は、聡明な若者でもあった。江戸家老横島玄馬から送られた春画を見て、一目《ひとめ》のうちに密書であることを看破《かんぱ》していた。

「先の手紙に、おれと左内以外には見せるなと書いてあっただろう。ということは、この春画には、重要なことが書かれてあるのだ。左内には、それが分からんか」

じっと春画を見つめる米村は、意味がつかめないと首を傾げている。

「はぁー……あっ？」

一枚の絵の片隅に米村の目が行き、ようやく気づいたようだ。

春川歌喜世と捺《お》された落款《らっかん》の上に、わけが分からぬ文字が書いてある。

「なおもかんばし……なんの意味でございましょうか？」

一枚の絵に書かれている文字を読んで、米村は問うた。

「しょうがねえな、家老のくせしてこれが分からんとは……」

「はぁ、すみません」

「おれがこの絵を並べて見やっていても、意味が分からんのか？」

「これは並べ直してございますか？」

用意周到な密書に、米村はさらに驚きの目をもった。

「ようやく分かったか。内密の話を、玄馬は春画にしたためたのよ。外部には絶対に分からぬようにと、一種の符牒《ふちょう》である。それを、おれと家老の左内だけに報せたかったのだろうよ」

「なるほど、たいした知恵者でござりますな」

城代家老が江戸家老を誉めそやす。

「だがな、十枚を並べても、どうも肝心なところが分からんのだ。おおよその意味はなんとなく分かるのだが、何か抜けてるような気がする」

十枚の絵に書かれた文字をつなげると、一つの文章になる。そこまでは直春は見抜いた。春画を並べ直しては、文の内容を探していたのであった。

しかし、何かが足りない。それがないため文につながりがなく、直春は密書としてつかむことができずにいた。部分部分の触りだけを読んで、ある程度の内容を知るだけであった。

「おそらく玄馬が入れ忘れておるのであろう。それが分からぬうちは、こっちとしても動きが取れんな」

「そのことを、早馬で届けたらいかがでございましょう？」

米村が提言をする。

「いや、そいつは駄目だ。すべてが極秘裏であるぞ。ここで騒いでは、家臣たちに何か起きたのかと、疑心をもたれてもまずいではないか」

「左様でございますね。ならば、いかがいたしましょう？」

米村が直春に問うた。

「これをもってきたのは、どこの誰だ？　そうか、飯野与一郎であったな。左内、すぐに与一郎を呼べ」

「与一郎ならば、先ほど部屋をのぞいていたような気がいたしますが……」

「なんだと？　まあいいから、早く呼んでこい」

のぞきの咎《とが》めはあと回しとして、米村に飯野を呼びにやらせた。

すぐに駆けつけた飯野に、直春が問う。

「あの荷をもってきたのは誰だ？」

すでに葛籠の小箱に春画は収められている。見られぬ絵に、飯野はがっかりと肩を落とすも、直春の問いには答えなくてはならない。

「はっ、黒ずくめの浪人であります。黒の鞣革《なめしがわ》の袖なし羽織を着込んで、髷《まげ》は鳥の巣のように刷毛先が開いた茶筅髷《ちゃせん》……それは、かの剣豪宮本武蔵か柳生十兵衛を彷彿させる……」

「風貌などどうでもよい。その者を覚えておろう。まだ城下にいるはずだ、すぐに捜してまいれ」

十兵衛が届けてから、半刻ほどが過ぎている。

六

十兵衛捜しは、極秘裏として飯野与一郎一人の手に委《ゆだ》ねられた。

押田城下の茶屋やめし屋、そして旅籠などを一軒一軒回る。さほど城下の町は広くはない。それでも、一人での人捜しは気骨が折れる。

飯野の懸念は、すでに黒ずくめの浪人は押田から立ち去っているのではないかとの思いであった。捜しはじめて四半刻《しはんとき》が経つ。となれば、すでに鴻巣《こうのす》あたりまでは行っているだろう。追い駆けるには至難の業だ。

「絵も見せてくれんくせに……」

ぶつぶつと独りごちながら、与一郎は黒ずくめの浪人を捜して歩く。

『押田名物　鯰《なまず》めし』と書かれた看板を目にし、飯野は遣戸を開けた。五軒目に訪れた店である。

そのとき奥の入れ込み座敷で、十兵衛と猫目は料理に舌鼓を打っていた。

「けっこういけますね、鯰の煮つけってのは……」

十兵衛に酌《しゃく》をしながら、猫目が言った。

「ああ、うまいもんだ……」

鯰の煮つけを、十兵衛が口に含んだときであった。

「捜しましたぞ」

ふと十兵衛が声の出どころに目を向けると、知った顔が立っている。

「あっ、おぬしは……」

「城下にいてくれて、よかった」

心の底から安堵の表情であった。その反面、十兵衛の気持ちは不安にとらわれる。

そんな十兵衛の渋面《じゅうめん》を、猫目は訝しげに見やった。

「すまぬが、ご足労願えないか？」

「どこにですかな？」

「城まで来ていただきたい」

「なぜに？」

「拙者になぜにと訊かれても答えられんが、来ていただければ分かる。どうか、お願いでござる」

飯野の嘆願となった。それでも十兵衛には不安が宿る。それというのも、荷の中身に異変があったことが考えられる。一度は開けられた箱である。元のとおりに収めたつもりだが、どこかに手落ちがあったのかもしれない。

――ここは行かねばなるまい。

何を訊かれても、十兵衛は惚《とぼ》けられるだけ惚けることにした。

「猫目、しばらくここで待っててくれ。さほど、かからんと思うからな」

「分かりました」

「それでは、行きましょうか」

十兵衛は立ち上がると、腰に大刀を差した。土間に下りると、酔いが回っているか足元がいく分ふらつきを見せた。

歩きながら飯野が話しかける。

「これから会っていただくお方は、藩主のご次男阿部野直春様である。粗相のないようにな」

勝手に人を呼び出しておいて、ずいぶんと高飛車なもの言いだと十兵衛は思った。しかし、十兵衛には落ち度がある。

「分かり申した」

ここは素直に従うことにした。

飯野に連れられ、十兵衛は城内へと入る。二の丸に案内され、直春との対面となった。

直春の斜めうしろに、四十半ばの武士が控えている。

「余は藩主阿部野忠直《ただなお》の次男、直春である。ここに控えているは、城代家老の米村左内……」

「拙者は、菅生十兵衛と申します」

「なに、十兵衛だと。なるほど、柳生十兵衛を彷彿とさせる」

余計なことだと、十兵衛の顔は苦味をもった。それよりも、用件を先に知りたいと、顔に書いた。

「ところで、そこもとに来てもらったのはだな……うーむ、なんと言おうか？」

ここに来て直春が考えるということは、気持ちがまとまってない証《あかし》であった。

「若、端的《たんてき》にお訊きになればよろしいですぞ」

脇から米村が声をかけた。

「ならば訊くが、そこもとはここまでくる途中で、荷を開けなかったか？」

「えっ、荷をですか？　とんでもございません。江戸家老の横島様から、絶対に開けてはならぬと厳命されてますので」

十兵衛はきっぱりと否定をする。偽りを言うも、顔に気持ちを表さないのが、忍びとしての訓練の賜物であった。

「偽りではないな？」

米村が高飛車となって訊く。

「天地神明に誓って……」

十兵衛の答に、直春の首が傾いている。このとき十兵衛の頭の中によぎったことがあった。

――あの春画には、何かが隠されているな。

そのなぞを解こうにも、すでに十兵衛の手元に絵はない。

「誓って荷を開けていないと申すのだな？」

「はい、開けてはおりませぬ」

直春の問いに、瞬《まばた》き一つせず十兵衛は偽りを言った。

「どうも、中身が足りないのだ」

と、直春が言ったときは、十兵衛の心の臓はどきんと高鳴りが打った。

――春画は十枚でなかったのか。

田村のところでは、そこをたしかめずに葛籠の中にしまった。十兵衛が迂闊《うかつ》だったと思ったところで、直春のさらなる問いがあった。

「ならばもう一つ訊くが、そこもとは春川歌喜世という絵描きを知っておるか？」

直春は、誘いとして絵描きの名を口にした。絵を見ていれば男女の情交を思い浮かべて、ゴクリと生唾を呑むとか、股間あたりになんらかの変化があるはずだ。

「いや、存じません」

しかし、十兵衛の表情にはなんら変化がない。

「どうやら、嘘ではなさそうだな」

十兵衛の真正面を見据える真摯《しんし》な面つきに、直春は疑う余地をなくした。これ以上問うても勘繰られるだけだと、十兵衛を放つことにした。

十兵衛が去ってからも、直春と米村は向かい合っての話がつづく。

「やはり玄馬が入れ忘れたのであろう。粗忽《そこつ》なやつだのう」

「ですが、ここまで用意周到な江戸家老が、入れ忘れるなんてございますでしょうか？」

「ならば、なぜだと申す？」

「やはり、今しがたの者が……」

「いや、様子からしてそれは考えられん。もし、中身を見て抜き取ったとしたら、態度に何やらの変化が表れるはずだ。あの者に、そんな気配は微塵も感じられなかった。むしろ、こっちを不審に思う顔であったぞ」

「それでしたら横島様に報せを……」

「その前に、もう一度並べ直してみよう。まだ、文がつながっておらんのでな」

　再び葛籠箱の中にある春画が取り出された。

「いく度見ても、すごい絵ですな」

「絵ではなく、文字を見よ」

　十枚が畳の上に並べられた。

　春画に書かれた文字は、今は次のように並べられている。

　あがるときたる　こうなおもかんばし　なおつぐさまのそ　からずときはいま
　りだけなりしかくを　えどからでるのが　こうのすにてねら　さしむけぶうんを
　うがぜっこうの　いのるがそうろう

十枚の春画に書かれた文字を、あれが前これがうしろと並べ替えて、ようやくつながりをもった。

すると、こうになる。

『なおつぐさまのそ　こうなおもかんばし　からずときはいま　あがるとききたる
えどからでるのが　こうのすにてねらう　がぜっこうの　りだけなりしかくを　さ
しむけぶうんを　いのるがそうろう』

「これは、幕府隠密にも悟られぬように工夫を凝らした密書だ」

「そのようでございますな」

「兄上の素行がますます悪くなっておるようだの。女狂いも、激しさを増しているようだ」

「それはもう……殿も心を痛めておりまする」

次男の直春と家老たちが結託し、素行不良の直継を陥《おとしい》れようとの陰謀である。

押田藩阿部野家の、お家騒動とも取れる。

「兄上が江戸を出立するときが決まったようだな」

「そのようでございますな」

「こちらでは、すでに刺客《しかく》の手配が整っている」

いつ直継が国元に戻るのか、道中の動向を報らせる密書であった。

春画に描かれた極秘の文は、嫡男直継の江戸出立を待って襲撃決行の機会を示すものであった。

江戸では叶わず、さりとて国元でも討ち取ることはできない。

「鴻巣宿が、絶好の場所ってことですな」

末筆に武運を祈ると書いてあり、鴻巣宿に一泊すると書いてある。

無類の遊び好きである直継は、夜になって女を求めるか賭場に出入りするのが必《ひっ》定《じょう》であった。宿から出たところを狙うのが、この度の襲撃の手はずである。

江戸出立のときが分かれば、鴻巣宿に着く日が知れる。江戸からはおよそ十二里。

「出立の翌々日の夕方には鴻巣に着くはずだ。それまでに、女の手配もせねばならぬな」

直継好みの女を配置し、宿から連れ出そうとの算段であった。そして、他人の目のない寂しき場所で討ち取ろうとの図ができている。

意味はつかめた。だが、肝心なものが足りない。

「この密書には不備がある。一番重要である、出立のときがなかろう。これでは、絶好の機会はいつであるのか分からんであろうが」

用がなさぬ密書だと、直春は吐き捨てるように言った。

七

十兵衛に届けの期日を示したのは、企てが露見せぬようぎりぎりまで待った、江戸家老横島の配慮であった。

そこまでは直春も米村も気づかずにいた。

「玄馬に密書を送ろう。早馬では何ごとがあったかと、家臣に余計な気を回させることになる。誰にも知れてはならんことだからのう……」

「でしたら、先ほどの浪人に託されたらいかがかと。横島殿からの密書も無事に届けてもらいましたし、信頼のおける者と思われます」

「まだ、おるかのう？」

「鯰料理を食しておったと、与一郎が言っておりました。連れもおるようでしたので……」

「二人して運んできたのか？」

「大事な密書を預かり、独りでは心もとなく思ったのでは？」

「それなら、なおさら心強いな」

飯野与一郎に、再び直春の命《めい》が伝えられた。

さらに四半刻以上が経っている。

「まだいるのかなあ……」

飯野の不安は、まだ十兵衛がめし屋にいるかどうかであった。

軒下に縄暖簾のかかった遣戸を開け、飯野は店の中をこわごわとした面持ちでのぞき込む。

「いた！」

奥の座敷で、連れと二人で酒を酌み交わしている。

「呑んで食ったし、猫目そろそろ行くか？」

「さいでございますねえ」

十兵衛と猫目が腰を浮かしたところに、飯野与一郎が店の中をのぞいている。それに気づいたのは、猫目であった。

「十兵衛さん、あの侍、また来ましたぜ」

「えっ？」

十兵衛は猫目に言われて向きを変える。すると、飯野の目が十兵衛を向いて小さく会釈があった。

──荷のことで、またも呼び出しか。もしや……。

また春画のことでかと、十兵衛の気持ちは震撼とする。とっとと押田から去るのだったと、後悔をした。

飯野が近づき、大きく頭を下げた。

「ご足労ですが、いま一度、城までお越しいただけまいか」

前とは打って変わって、飯野の物腰が低い。むしろ十兵衛としては、その振る舞いに不安が募るのであった。

「猫目、すまんがここで待っていてくれぬか。ああ、すぐに戻ってくる」

言ったものの、十兵衛は不吉な思いにとらわれていた。

「いや、よろしければお連れの方もと、ご家老は申されてました」

猫目にも同席してほしいと言う。

──二人そろって詰問されるのか。

ならばそれもよかろうと、十兵衛は肚《はら》を据えた。

十兵衛と猫目が押田城内に入り、再び直春に謁見をする。やはり側《そば》には家老の米村が控えているが、ほかに家臣はいない。

「そこもとを信頼して、頼みがある」

直春の一言に、十兵衛は思わず「えっ？」と口に出すところであった。猫目の口から も、安堵の息が漏れる。

「荷を無事に届けてくれたのを、見込んでのことだ」

「左様でございますか」

疑いは微塵もない。風向きが考えていたことと違っていた。

「大至急江戸に向かってもらいたい」

「はあ。なぜに……？」

問いが十兵衛の口から発せられようとしたとき、猫目が袖を引いた。

「十兵衛さん……」

小声で猫目が話しかける。

「分かった」

猫目の話に小さくうなずき、十兵衛は直春に向き直った。

「どこに耳があるかもしれません。もう少し、お声を小さく……」

よし分かったと、直春の声も小声となる。

「これを、家老の横島玄馬に届けてもらいたいのだ。絶対に人目に触れぬようにな」

十兵衛が来る間に、書簡がしたためられていた。

「一つお訊きしたいのですが……」

「なんなりと申せ」

「そのように大事なものでしたら、どうしてご家臣にご命じにならないのでございましょう？」

「余計なことは訊かぬでよい。外部の者に頼まねばならぬ、事情というのがあるのだ。何も考えず、黙ってこの書き付けを届けてくれればよいのだ」

「かしこまりました。もう、何も問いはいたしません」

「今から出立するとなると、江戸藩邸に着くのはいつになるかな？」

昼八ツを報せる鐘が鳴ってから、四半刻は経っている。

「これからですと、桶川《おけがわ》に着くころは夜となりましょう。足を延ばしても、せいぜい上尾《あげお》泊り。明日早朝に宿を出ましても、江戸に着くには夜中となります。横島様にこれをお渡しできるのは、どんなに早くもあさっての朝ってことでいかがでございましょうか？」

「あさっての朝か、仕方がなかろう」

このとき、十兵衛の心の中は憂いで一杯であった。

――おそらく書簡の中身は、足りなくなった絵のことに触れてであろう。これを届けたら、おれのしくじりであったことがあからさまになってしまうな。

長居は無用である。かしこまりましたと言って、十兵衛が立ち上がると猫目も腰を浮かした。

「ちょっと待て……」

呼び止めたのは、米村であった。

まだ何かあるのかと、呼び止められる度に十兵衛の心の臓は鼓動を激しくする。またもドキンと一つ高鳴りを打った。

「はあ……」

「路銀と届け料だ。五両ある、取っておけ」

仕事となれば代金をいただかなくてはならぬ。十兵衛は陰聞き屋であることを、このとき失念していた。どうしても、気持ちのほうは盗まれて足りなくなった絵のほうに向いていたからだ。

「ならば、こちらからもお頼みが……」

早くこの場を逃れたいも、十兵衛は再び直春に向き直った。それから間もなく、依頼された書簡を携え、十兵衛と猫目は押田城をあとにした。

横島宛に届ける書簡に何が書いてあるか分からぬが、それを横島が読んだ瞬間に何が起きるのか、十兵衛としては考えたくもない。


行く先は一路、江戸へであった。

日光脇往還から吹上の追分に出るまでの、十兵衛と猫目の足はゆっくりである。急ぎの様子はまったくない。

「急がないでいいんですか？」

「ああ、かまわぬ。どうせ急いだところで、それだけおれの死が早まるだけだ」

「死が早まるって、大げさな」

話しながら歩くから、余計に遅くなる。わけが分からぬものの、いやな予感だけがずっと心の内につきまとう。江戸に早く着けば着くほど、それだけ寿命が短くなる危うさを十兵衛は感じていた。自然と歩みもゆっくりとなる。

「なんだか、大変なことになってきたみたいですね、十兵衛さん」

猫目の問いにも、十兵衛は呟きを繰り返すだけだ。

「……あの春画に、いったい何が隠されているのだ？」

懐にある書簡には、そのことが記されているのは間違いないと十兵衛は感じている。単に、枚数が少ないというだけではない。そこまでは、おぼろげながらも分かる。

「そうだ、十兵衛さん……」

考えに耽《ふけ》って歩く十兵衛に、猫目は話しかけた。

「届けた荷の中に入ってた春画ってのを、あっしは見てないもんでなんとも言えませんが……」

見せてもらえなかった妬《ねた》みが、猫目の口調に表れている。

猫目は、田村三郎兵衛の屋敷で荷を奪還したとき、お玉の介護をしていて絵を見ていない。押田まで来る途中で、十兵衛に荷の中身のことを聞いた。そのときは、なぜに見せなかったと、悔しい思いを十兵衛にぶつけたものだ。

若いから猫目には刺激が強すぎると拒んだものの、今にして、見せておけばよかったと思う十兵衛であった。

「絵の中に、含みのある言葉が隠されていたんじゃないですかい？」

何気なくも猫目に言われ、十兵衛は一枚の絵を頭に描き、思わず口元が緩んだ。そして、問う。

「どういうことだ？」

「そんな枕絵をあっしだって見たことがありますが……」

「猫目は、そんなものを見てたのか？」

「あっしだって男ですからねえ、そのくらいは。それで思い出すんですが、絵の中にはよく隠し文字ってのがあるんですよね。たとえば、女の着物の柄にとか、背景の襖にだとかに……」

「それだ、猫目！」

十兵衛は思い出したことがあった。

「落款の上に……」

「らっかんて、なんです？」

「作者が捺す印のことだ。言われてみれば、その上に五、六文字わけの分からぬものが書いてあったな」

それが押田藩阿部野家のお家騒動を意味することなど、むろん十兵衛は知らない。

「猫目、急ごう」

十兵衛と猫目の足は、それからというもの慌しくなった。

第四章　斬られた春画

一

二人の急ぐ足は、書簡を届けるためのものではない。

十兵衛と猫目は、一路足を板橋宿に向けた。それでも途中一泊はせねばならない。この日のうちに上尾宿まで足を延ばせれば、翌日の夕方には板橋に着ける。

鴻巣宿から桶川宿《おけがわしゅく》を通り越し、一気に上尾宿へと入ったときには、日はとっぷりと暮れ、夜の帳《とばり》が下りるころとなっていた。

旅籠に入るには、遅い到着であった。

宿に着いてめしを済ませると、疲れを癒すため十兵衛と猫目はすぐに床《とこ》に入った。押田で呑んだ酒がいく分残り、それが眠気をさらに募らせた。

刀を腰から抜いただけの、旅の姿のまま十兵衛は寝床に入った。

夜四ツを報せる鐘の音が、遠く愛宕《あたご》のほうから聞こえてきたが、寝に入る十兵衛と猫目の耳には聞こえない。二人の高鼾《たかいびき》だけが、部屋の中に響くだけであった。昼の疲れからか、眠りが深い。

四ツの本撞《ほんづ》きが鳴り終わり、さらに四半刻ほど過ぎたところであった。

十兵衛は、頬に冷たいものを感じて目を覚ました。

夢心地から現実に戻ると、さらに頬がヒヤリとする。何か、ものがあてられた感触であった。それが九寸五分《くすんごぶ》といわれる匕首《あいくち》の刃と分かるまでに、さほど間はなかった。

「誰だ……？」

小声で十兵衛が訊くも、名乗りはしない。行灯《あんどん》の薄明かりの中に見える姿は、黒覆面をした忍びの姿であった。くぐもる声で口にする。

「懐《ふところ》にある書簡を出してもらおうか……」

「なんだ、書簡てのは。そんなもの、もってはいない」

「嘘をつけ……」

十兵衛の虚言に、賊は首を振って言葉を返す。

押田藩にかかわる者か。だとすると、次男の直春に敵対する手の者であろう。

十兵衛は、ふと思った。

――どうして、おれの懐に書簡があると知っている？

直春からは、極秘のうちに手渡された。それを知っているのは、ほかに城代家老の米村左内だけである。それとほかに、十兵衛の存在を知っているのは、飯野与一郎しかいない。門番は論外であろう。

――しかし、家老の米村ならば書簡の内容を知っているはずだ。わざわざ手下《てか》を使って、強奪に奔《はし》ることはしないであろう。

頬に冷たさを感じながら、咄嗟にそこまでのことを十兵衛は考えた。

――となると、飯野という侍。

ひょろりとした体軀に、細面《ほそおもて》の顔。体に感じる線の細さは、これほどの企てをするようには思えない。

――人は見かけによらぬこともあるがな。

飯野の印象を、十兵衛が覆《くつが》したところで賊の声があった。

「早く出さないと、この匕首の切っ先が顔面をぶち抜くぜ」

「ないものはないから、おれの懐に手を入れてみたらどうだ」

体を起こし、十兵衛は両手を天井に向けて抗《あらが》う意志のないことを示した。

「いいから、手をつっ込んでみろ」

言われたとおり、賊は十兵衛の懐に手をつっ込む。

「駄目だよ、くすぐっちゃ」

両手を上げながら、くすぐったいかケラケラと十兵衛が笑う。

「どうだ、入っていたか？」

腹巻の中にもない。おかしいとばかり、賊は首を振る。

「どうしても出さぬとあらば仕方がない」

黒覆面の賊は匕首の刃を、十兵衛の首にあてた。

「この匕首を、引くだけのことよ」

賊の殺気が伝わってくる。本気で首を斬ろうとの息遣いが、十兵衛には感じられた。

「分かった。命には代えられぬから、その刃を首から放してくれ」

「いや、書簡を出してからだ。それさえもらえれば、命は取らぬから安心をしろ」

十兵衛は諸肌を脱ぐと、うしろを向いた。

「隠すところは前とは限るまい」

背中の腹巻に、厳重に封緘《ふうかん》された書簡が差されてあった。

「こいつをいただけば、もう用はない」

賊は書簡を懐に入れると、天井から降ろされていた縄を辿って上がった。やがて天井裏に辿りつくと、上げ板が元のとおりに収まる。

賊の気配が去っていったところで、猫目が目を開いた。

「やばかったですね、十兵衛さん」

「ああ、肝を冷やした」

十兵衛は、まだ匕首の刃の感触が残る首に手をあてて言った。

「誰の手の者なんでしょうね、いったいあれは？　押田の城でも、同じような気配を感じました」

十兵衛と直春が向かい合っていたとき、猫目は忍びの気配を天井に感じ声音を落とさせた。

「いや分からない」

「もしかしたら、幕府の隠密ってことも……」

猫目が顔をしかめながら言った。

「なるほど。押田藩のお家騒動を、すでに幕府が勘づいているってことだな。それも考えられる」

「だとすると、大変なことに、巻き込まれましたね」

ただの春画運びではなかったのだ。

「だが、書簡を渡したとあらば、もうこっちには目を向けることもなかろう。押田藩がどうなろうと、知ったことではない」

それからというもの、十兵衛と猫目はぐっすりと眠りに入り、朝まで目を覚ますことはなかった。

十兵衛から書簡を強奪した賊は、黒装束を脱ぐと商人の姿に身を変えた。旅をしながらものを売り歩く、行商の姿である。背中に大きな葛籠箱を背負っている。その中には、いろいろな衣装や小道具が入っている。あるときは植木職人、またあるときは下級役人といろいろな形《なり》に姿を変える。幕府が放つ、いわゆる『草《くさ》』と呼ばれる忍びであった。きな臭い藩を探しては忍び込む。

阿部野家は、徳川家三河《みかわ》以来仕えてきた生え抜きの大名である。だが、譜代《ふだい》であろうが、外様《とざま》であろうがかわりがない。汚点を探し出し、取り潰しを計ろうとするのは、幕府に忠誠を誓わせるための一種見せしめでもある。大名を統制するための、幕府の思惑でもあった。

商人の姿で別の宿に戻った隠密は、さっそく部屋を明るくして書簡の封緘《ふうかん》を解いた。

「これを大目付様にもち込めば……」

と小声を発して、折り畳まれた書簡を開く。

「なになに……」

黙読をして、数行進むうちに隠密の顔は天井を向いた。

「なんだ、これは？」

隠密は目を書簡に戻して、再び読んだ。

書簡の内容は、こうであった。

『春川歌喜世の絵に余は堪能したで候　だが十枚しかなかりし　あれでは足りんで候　さらに男女が絡み合うどぎついものを歌喜世に描かせたく　余は首を長くして待ち候』

直春の花押《かおう》が印された、横島玄馬宛の書面であった。

「なんだ、こそこそと書簡のやり取りをしているとのことで大目付様から探りの命《めい》を受けたが、それは春画であったのか。お家騒動なんかでは、なかったのであるな」

明日の朝早く発って江戸に戻り、大目付に報せようと、隠密もその日は深い眠りへと入った。

横島宛への本物の書簡は、猫目が携えていた。

こんなこともあろうかと、直春のもとを去る際に、十兵衛は願い出て偽の書状を書かせていたのであった。猫目が声音を落とせと言ったとき、十兵衛も天井裏に忍びの気配を感じていた。その気配が消えたのを見計らい、十兵衛は咄嗟にもう一通の書状を書かせ、それをもっていたのであった。

本物の中身を知りたいものの、中を開けるわけにもいかない。それを解く鍵は、板橋で盗まれた春画にある。そのうちの数枚が抜き取られたと踏んでいる。それが何枚あるかは、十兵衛には分からない。しかし、そこには重要な一文が書かれていると思われる。

春画を取り返そうと、翌日早朝から十兵衛と猫目は板橋に向けて、上尾の宿を発った。

昨夜十兵衛を襲った幕府の隠密も、ほぼときを同じくして上尾宿を出立していた。

上尾宿を出たあたりで、十兵衛と猫目の姿を隠密は目にする。

「おや、あれは……？」

隠密のほうからは、十兵衛と猫目の姿はよく分かっている。しかし、商人に身を変えた隠密を見ても、十兵衛と猫目には分からない。うす暗い中で覆面をしていたとあっては、面までは知れるものではない。

「……やけに急いでいるな」

届ける書簡を強奪されたというのに、二人はやけに速足である。

本来ならば依頼された職務が遂行できず、落ち込むのが妥当であろう。しかし、意気消沈どころか、その逆である。

「……おかしいな。もしや、この手にある書簡は？」

訝しげな目で、先を行く十兵衛と猫目のうしろ姿を見やった。それからというもの、つかず離れず二人のあとを追うかたちとなった。

背後に、昨夜襲った幕府の隠密が尾《つ》けてきていることなど知らずに、十兵衛と猫目は先を急いだ。

「あの風貌と物腰からして、並みの者ではないな。もしや、同業の者かもしれん」

隠密の口は、みな自分に向けてのものである。ぶつぶつと独りごつ。

関東平野のど真ん中をつっきる中山道は、平坦な道である。宿場を過ぎると田畑が広がり、視界を遮るものは何もない。遠くには秩父の稜線が平行して走っている。申《さる》の方角を向くと、富士《ふじ》の霊峰を目にすることができる。

宮原村《みやはらむら》に差しかかったところであった。

「ちょっと待て、猫目」

十兵衛は草鞋《わらじ》の緩《ゆる》みを感じ、立ち止まった。

「急いで結んだんでな、どうもしっくりこない」

道端に道祖神がある。十兵衛は、祠《ほこら》の石に足を載せ草鞋の紐《ひも》をしっかりと結び直した。そして、再び歩き出す。

「猫目、何かの折にうしろを見てみろ」

しばらくしたところで、十兵衛は猫目に声をかけた。

「はあ……」

猫目は短い返事をする。

さらにしばらく行くと、石柱でできた道標が立っている。猫目はそれを見て立ち止まった。

「十兵衛さん『この先大宮宿』って書いてありますぜ」

猫目がちらりとうしろに目をやったのは、そのときであった。

「十間《けん》ほどうしろに、商人風の男がいますが……」

歩き出しながら、猫目が言う。

「上尾を出てから、ずっとおれたちと同じ速さで歩いているようだ。先ほどもな、草鞋の紐を結び直したとき、向こうも立ち止まって富士の山を眺めていた」

「押田藩の者ですかね？」

「いや分からんが、もしかしたら昨夜宿で襲った者かもしれん。向こうは、こっちの顔を知ってるからな」

「だとすると、偽の書簡てことが……」

「猫目、あまりしゃべるな」

それからというもの、十兵衛と猫目は気づかぬ振りをして、うしろを気にしながら先に進むこととなった。

――気づかれてはいないようだな。

案外と鈍い奴らだと、隠密は心の中で前を歩く二人を嘲《あざけ》る。

「まだ、こっちが気づいていると、気づかれてはないようですね」

「隠密のくせして、とろい奴だな」

十兵衛は、相手を幕府の隠密と決めつけて言った。

互いが互いを嘲りながら、日本橋からは三番目の宿場である浦和宿へと着いた。

二

上尾宿から三里十町。板橋宿へはおよそ三里二十町と、浦和宿はその中ほどにあった。

「このあたりで、一休みするか」

宿場の町中をやり過ごすと、調《つき》神社を過ぎた脇に『めし』と書かれた看板のかかっためし屋があった。

上尾の宿を出てから、およそ一刻半で来ている。正午にはまだ半刻ほどあるが、昼めしを食うことにした。

めし屋の張り紙に『この先　わらび宿までめし屋なし』と書かれてある。腹を減らして中山道を上る者は、否応なくもこの店で食事を摂らなくては蕨宿までの一里十町がつらい。

「この先にめし屋がないんでは、仕方ないですね」

猫目が、少し大きめの声を出して言った。十町うしろから近づいてくる商人の形《なり》をした隠密に聞かせるには、充分な声音であった。

薄汚い暖簾《のれん》がかかった油障子を開けて、十兵衛と猫目はめし屋の中へと入った。まだ昼前でか、客はそんなにいない。

「いらっしゃいませー。三人さんですか？」

十八歳ほどの娘が、黄色い声を張り上げて言った。

「いや、二人だ」

おかしいと思い十兵衛が振り向くと、うしろに隠密が立っている。

「こちらは一人です」

隠密が憮然とした顔で言った。

十兵衛と猫目のあとに、すぐにつづいて隠密が入ったのをめし屋の娘は三人連れと勘違いしたのであった。

――こんなに近づいてくるとは、大胆な隠密だな。

心で思うも、顔には出さない。十兵衛と猫目は、あくまでも気づかぬ振りをした。

十兵衛と猫目が向かい合って座る、その隣の卓に隠密は腰をかけた。

何を食おうかと、壁に貼ってある品書きを見ながら十兵衛は男の横顔を見た。しかし、それだけでは昨夜襲った賊とは分からない。

十兵衛はそんな思いを抱いて、貼り紙の一文を読んだ。

「あそこに『浦和名物　うなぎ丼』って書いてあるだろ。あれでいいか？」

「いいですねえ、うなぎなんてのはしばらく食ってませんしね……」

猫目は一瞬十兵衛に向けて、目配せをした。そしてつづけて言う。

「きのうの、押田の鯰といい、名物がつづきますね」

押田というところを猫目は強調する。その瞬間、十兵衛は横目で隠密の表情を盗み見た。押田という言葉に、反応するかと思ったからだ。しかし、男の顔にはなんの変化も表れていない。

――さすが隠密、このぐらいのことではピクリともせぬ。

十兵衛は見上げたものだと思いながら、めし屋の娘を呼んだ。

「娘さん、注文はいいかい？」

店の隅で客の注文を待つ娘に、十兵衛は声をかけた。

「はーい。お決まりになりましたでしょうか？」

努《つと》めて明るい声を出してくる娘に、十兵衛は注文を出す。

「うなぎ丼を二つくれ」

「お客様のほうは……？」

娘は、猫目に向いて訊いた。

「いや、二人同じものを食うんだ」

「そうでしたか。てっきりお侍様がうなぎを二人分食べるのかと思いました」

商魂たくましい、娘であった。

娘の顔が隠密に向いたそのとき、十兵衛に閃《ひらめ》いたことがあった。

——そうだ、声を聞こう。

「ご注文、お決まりになりましたでしょうか？」

「手前は、とろろ汁ご膳《ぜん》をもらおうか」

男の注文に、十兵衛は聞き耳を立てた。

——似ている。

聴いた瞬間、十兵衛は賊の言った言葉を思い出した。

『——懐にある書簡を出してもらおうか』

もらおうかと言ったところが、昨夜の声と重なる。幕府の隠密ではなかろうかと、
半信半疑だったものが、これで確信がもてた。それを猫目に、目配せで伝えた。

それともう一つ、隠密が十兵衛たちを意識している証《あかし》があった。

「お客様、うなぎ丼は少々ときがかかりますが、よろしいでしょうか？」

娘が近づいてきて言った。

「これからうなぎを裂いて、串を刺して、蒸して、焼いて、たれをつけて、また焼いて、またたれをつけてからまた焼きますから、半刻ほど……」

「どれほどかかる？」

十兵衛の問いに、娘が答えている最中に隠密から声がかかった。

「ねえさん、こっちもうなぎ丼にしてもらおうか。聞いていて、食いたくなった」

わざわざ理由を添えて、隠密は注文の品を変えた。ときを合わそうとの、肚《はら》がうかがえる。

そこで十兵衛は、鎌《かま》をかける。

「そんなにときがかかるんだったら、とろろ丼でいいな」

「あっしも、それに変えますわ」

十兵衛と猫目の話に焦ったのは、隠密のほうであった。しかし、気取《けど》られてはならないと、いたって冷静な口調で言う。

「やはりとろろ丼にするわ」

隠密が注文を戻した。

「これから裏の山に行って自然薯《じねんじょ》を採ってきますので、やはり半刻ほどください」

「ならばうなぎ丼にしてくれ」

十兵衛と猫目は注文を戻す。

「手前は、とろろ丼でいい」

隠密はそのままとなって、注文の品はもとの鞘へと収まった。

結局は、半刻はめし屋に留まることとなった。

隣の卓にいる隠密を意識しながら、十兵衛と猫目は話をする。

「少し急いで来たので、どうやら板橋には早く着きそうだな」

「そうですねえ……」

「どうせ届けるものがなくなったんだ。あとはゆっくり行けばいいや」

「平尾宿の花月楼で、今夜は楽しみますか？」

努めて猫目は嬉しそうな口調で訊く。

「ああ、そうだな。江戸には戻りたくないしな」

十兵衛のほうは、憂鬱《ゆううつ》そうなもの言いである。

「それにしても、まずいですねえ……」

「ああ、困ったもんだ」

「いったいどうします？　まさか奪われたとは言えんでしょう」

「そりゃ、惚《とぼ》ける以外にないであろうよ」

「大事なものでしたら、どうなさいます？」

「知ったこっちゃあるかい」

十兵衛と猫目の会話を、隠密が茶を啜《すす》りながら聞いている。

——なんだ、こやつらが急いでいたのは、板橋の平尾宿の女郎《じょろう》を目当てにしていたからか。おれとしたことが、とんだ勘違いよ。

湯呑で顔を隠しながら、苦笑いを浮かべた。

——届けを頼まれたものが奪われ、相当に困惑しているようだな。すまんが、仕方なかろう。ただ、あの書簡はおまえたちが思うほど、大事なものではないぞ……と、教えてやりたいもんだな。

むろん、口に出しては言えない。

——めし屋を出たら、もうこの者たちにかまうことはないな。先を急ぐとしよう。これだったら、もっと早くできる蕎麦《そば》がきにでもしておけばよかった。

後悔が、隠密の脳裏をよぎった。

待つ半刻は長い。四半刻もしないうちに、話は尽きてきた。

「やっぱり、手持ち無沙汰だな」

「まだできないので？」

猫目が娘に問うた。

「今、蒸し上がったとこでして……」

これから焼いてたれをつけ、また焼いてたれをつけの作業に入る。

正午《ひる》に近くなって、客が徐々に込みはじめてきた。


旅人や地元の人々で、昼ごろになると店は半分ほど席が埋まった。

「ねえちゃん、うなぎ丼くれねえか。すまねえが、急いでくれ」

職人風の男が注文を出した。すると、件《くだん》の娘が応じる。

「はーい、すぐにできますから」

娘の返事を聞いて、十兵衛と猫目は首を傾げた。

いっぺんに二十人分を作っておけば、あとの客は待たなくてすむ。自然薯のとろろ丼も同じであった。うなぎを蒸している間、主が裏の山に自然薯を掘りに行って、この日の分を収穫していたのである。

間もなくできると聞いて、猫目がほっと一息ついたところであった。

旅の装束に身を包んだ三人連れの侍が、猫目が座るうしろの席に腰をかけた。

一人は二十五歳くらいの若い武士で、絹織りの上等な羽織を着込み、身分はかなり高そうである。あとの二人は供侍のようで、野袴に道中羽織の姿で刀には柄袋《つかぶくろ》が被せてある。

「それにしても石川《いしかわ》、きのう見たあの絵は、すごかったであるな」

「まったくで、若。すごい春《しゅん》……いや絵があったものでございます」

「先を急がず、板橋に泊まってよかったであろう。のう、富山《とやま》……」

「はい、堪能いたしました。久しぶりに遊び女《め》と……」

「そんなに楽しんだか。余なんぞ二発も……」

「若、下品な話はおよしなされ」

周りの目を気にして、石川がその先を止めた。

若武士の物腰と言葉の様子から、どこかの藩の若殿のように十兵衛には思えた。お忍びの旅のようである。すると供の者は、護衛の家臣ということになる。

「分かった。さてと、何を食おうか。精がつく、うなぎ丼にでもするか？」

「うなぎもよろしいですが、自然薯も体に粘りが出てまいります」

富山と呼ばれた家臣が、ギロリと精力溢れる目をして言葉を返し、三人連れの話はそこで一度途切れた。

話の最中に出てきた、あの絵と言った件《くだり》で猫目の耳は、うしろの席に向いた。顔は十兵衛に向いている。小さく首を振って、うしろの席を見やれと合図を出す。

侍たちが言うあの絵と聞いて、それは十兵衛が奪われた春画の一部とそのとき思えた。しかし、ここで若武者たちに問い質《ただ》すことはできない。

誰の手に、どうやって渡ったか分からぬが、外に出てしまったようだ。これはすぐにでも行って、田村三郎兵衛を問い詰めなくてはならないと、十兵衛は思った。

三

隠密の神経も三人の侍に向いている。

奪った書簡の中身には、春画のことが書かれている。

今の話とかかわりがあるのではと、隠密が考えても不思議ではない。そっと十兵衛と猫目の様子をうかがう。

十兵衛のほうも、隠密が何を考えているのか様子を探るため、斜向かいの席に目を向けた。互いの目が一瞬交差する。

——まずい。

と思ったのは、十兵衛である。

と思ったのは、隠密のほうであった。

──何かあるな？

「それにしても、待たされますな」

十兵衛は、顔に苦笑いを浮かべながら隠密に話しかけた。精一杯の誤魔化しである。

「まったくで。この忙しいのに……」

隠密も苦笑を見せながら、言葉を返したところで娘の声がかかった。

「とろろ丼、お待ちどうさまでした」

とろろ丼のほうが先にできた。ほかにも二人ほど、とろろ丼を頼んだ客がいた。

娘が、都合三人分を配膳したところであった。

「おい、娘……」

件《くだん》の若殿らしき武士から、娘に声がかかった。

「なんでございましょう？」

娘が若殿らしきに向き直った。

「こっちを先にもってこぬか。余たちは急いでいるのだ」

自らを呼ぶ言葉に、やはりどこかの藩の若殿と十兵衛は読んだ。

いくら若殿でも横暴なもの言いだと、十兵衛は思った。だが、黙ってその先のなりゆきを見やる。

「こちらのお客様は、半刻ほど待ってようやく……」

「なんだと、娘。武士に向かって、口答えをするのか？　余を誰だと思っておる」

十兵衛も、黙って聞きながら若殿の出方を見やる。

「余はな……」

「若……」

言葉を止めたのは石川であった。

「とにかくそのとろろ丼を、先にこっちによこせ」

一度口にしてしまい、引っ込みがつかぬようだ。とうとう若と呼ばれた武士は、刀の柄袋を取った。

「ご勘弁くださいませ」

娘は許しを請《こ》いながらも、配膳の順序を変えない。

「これだけ言っても聞かぬか。ならば……」

若殿のほうも意固地になっている。柄に手をやり、今にも抜刀する構えを取った。

暴挙を止められる侍らしき客は、十兵衛のほかにいない。客たちは、固唾《かたず》を呑んで様子を見やっている。ここで刀を抜いたら、十兵衛はやり合おうと身構えた。しかし、その必要はなさそうだ。

「娘さん……」

と声をかけたのは、隠密であった。

「これを先に食べさせておあげなさい」

商人らしい口調で、隠密は言った。

「おれたちのも、先にやってくれ」

二人の客も先をゆずると、若殿の機嫌は直ったようだ。


配膳の順序が変わり、十兵衛と猫目のほうが先に配膳される。うなぎ丼が配膳されると、むさぼるように食った。半刻以上も待たされたのに、食食うのはあっという間であった。

めし屋から出ると、すでにお天道様は真南からいく分西に位置していた。

「猫目、それこそ急ごうぜ」

急ぐのには早く板橋に着きたいのと、もう一つ理由《わけ》がある。隠密から逃れたいこともあった。

「さっきの一件で、きのう渡した書簡が偽りとばれてしまっているかもしれんからな」

猫目に向けて十兵衛は説いた。

「すると、あっしらが板橋に行くわけも……」

「ああ、気づいているかもしれない。おれの顔を、ちらっと見たからな。咄嗟《とっさ》に惚《とぼ》けたけど、向こうも惚け返しよった」

「待たされますな、とかなんとか言ったときですか？」

「ああ、そうだ。あの馬鹿殿たちが来なければ、誤魔化せたものを」

「どこの馬鹿殿なんでしょうねえ。ずいぶんと横暴なお人でしたけど……」

「いや分からんが、ああいうのが将来大名にでもなったら、藩の行方は知れておるな」

「まったくで……」

隠密が追いかけてこないか気になる。話をしていると歩みも遅くなると、十兵衛と猫目は足を速くした。

蕨宿を抜け、やがて荒川を渡る戸田《とだ》の渡しに着いた。

対岸とをつなぐ艀《はしけ》を待つ間がもどかしかった。隠密を気にするも、しかしその気配はない。

十兵衛たちがうなぎ丼を食し終わっても、まだ隠密へのとろろ丼の配膳はなかった。

艀に乗って、対岸に渡るまでの会話である。

「相手の隠密は、あっしらの行き先を知ってるのでしょ。でしたら追うのはゆっくりでもと、思ってるんじゃないですかねえ」

「どこの旅籠に泊まるかまでは、分からんだろう。しかしだ、おれたちの目的が女郎でないのを察しているようだ。もしかしたら、春画のもつ意味が分かっているのかもしれないな」

「押田藩阿部野家に何が起きてるか知りませんが、それが隠密の手に渡りここにある本物の書簡が奪われたとしたら……」

「お家は、改易《かいえき》だろうな」

十兵衛は、ぐっと声音を落として言った。自らが仕えていた松島藩は水谷家のことが思いに重なる。

「向こう岸に渡ったら、どこかに隠れて隠密をやりすごしませんか?」

猫目の提言に、十兵衛は首を傾げた。

「どちらが有利かだな。先を越させあとから行っても……」

「十兵衛さん、どうやらそれはできないようで」

自分で案を出しておきながら、猫目は首を振った。戸田側の岸に、隠密の顔が見えたからだ。

「どうやら隠密からは、逃れられないようだな」

相手の顔も、こちらを向いている。十兵衛はふと呟くように言った。

板橋に立ち寄らず、書簡だけを届けては十兵衛の立場は悪くなるだけだ。できれば、届けたくないものである。いっそ破り捨て、荒川の流れに放り投げたい衝動に十兵衛は駆られた。

「……それもできんな」

呟きながら、自分の気持ちを押し留める。十兵衛は艀の上で、迷いに迷った。

考えてみれば、みな自分の迂闊さから生じたことである。田村一郎太が盗みを企てなければこんなことにならなかったのだと、今さらにして悔恨が湧き上がる十兵衛であった。

戸田の渡しの艀から降り、中山道は南へと向かう。

やがて道は急な上り坂となる。志村《しむら》の坂を前にして、十兵衛と猫目は立ち止まった。

「猫目、一休みしていくか」

志村の坂下にある茶店の幟《のぼり》を目にして、十兵衛は言った。

「急がないでもいいんですか？」

「今さら急ぐこともなかろう。それより……」

十兵衛には休む思惑があった。隠密の出方を知るために、あえて近づくことにした。

道端でしばし立ち止まり、隠密が近づくのを待つ。

「おっ、来た」

隠密の目からも、十兵衛たちの姿が見えているはずだ。それを待って、十兵衛と猫目は茶店の中へと入った。

葦簾《よしず》が立てかけられて、外と店の境を作っている。毛氈《もうせん》の敷かれた縁台に腰をかけ、十兵衛は外の様子を見やった。

隠密が、茶屋をやり過ごしそのまま通り抜けていく。十兵衛たちには関心を示さぬように、茶店の中には目もくれていなかった。

「ここに入ったのを、知っているはずだが……」

「あっしらを追っている素振りは見せませんでしたね」

首を傾げる十兵衛に、猫目が言った。

「……おれの思い過ごしだったのだろうか」

隠密の様子を見ていると、そうにも思えてくる。すでに、偽物の書簡をつかませてあるのだ。お家騒動とはまったくかかわりない、他愛のない文面である。

浦和宿で、何ごともなくうなぎ丼を食していれば、これほど気苦労をすることはなかった。しかし、相手は隠密である。どんな些細なことでも、疑いを抱くのが本分である。

——書簡が偽物と気づいているかもしれない。

と、十兵衛の脳裏によぎった。

「……これは、目くらましだ」

気配を感じさせないのが、忍びの忍びたる所以《ゆえん》である。十兵衛は自分に語りかけるように言った。

「油断をさせて、本物の書簡を奪い取る気であろう」

「先ほどから、何をぶつぶつ言ってるんです？」

語りかけとも、独り言ともとれぬ十兵衛のもの言いに、猫目は訝しがって訊いた。

茶を一服啜りながら、十兵衛は落ち着いた口調で思いを語った。

考えは至った。

「もしそうでしたら、相手の策に乗ってみようじゃありませんか」

猫目の返事に、このごろしっかりしてきたと十兵衛は思った。

ぐだぐだと考えていても仕方がない。先に、隠密との決着をつけようと、十兵衛の考えは至った。

四

戸田の渡しで隠密は、前を行く二人の姿をようやくとらえた。

「……やはり、あやつらの行く板橋には何かがあるようだな。奪った書簡には、春画がどうのこうのと書かれてあった。それとかかわりがあるのか？」

隠密の、長い呟きがつづく。

「……あの横暴な侍たちが、絵のことを言っていたが、それは春画のことであろう。柳生十兵衛みたいなほうが、あのとき反応を示したということは、やはり」

あのときというのは、待たされますなとか言って、目が瞬間合致したことである。

隠密のほうも、そのときに十兵衛の含みを感じていた。

「……ということは、この手にある書簡は偽《いつわり》のもの？」

隠密に疑念が湧いたのはこのときであった。

「だとすると春画には、どんな意味が込められているのだ？」

自問が隠密を駆け巡る。

志村の坂下まで来て、隠密は茶店の前で立ち止まる二人を目にした。

「……休もうとしているのか？　ずいぶんと悠長《ゆうちょう》であるな」

再び隠密の、長い呟きがはじまる。

「……もしかしたら、偽の書簡というのは、おれの思い過ごしだったのもしれん。ただ単に、偶然ということもありうるからな」

茶店に入った十兵衛と猫目を目にして、隠密は考えを改めようとした。

「それよりも、早く江戸に戻って大目付様に……いや、待てよ」

隠密の考えが、またも覆る。

「……もしや、あの者たちも忍び。だとすると、そんな気配を押し殺すのも忍びとしての技量であるな。ならば、あいつらのことをもっと探ってやれ」

互いが互いを、落とすべき敵として意識しはじめたのは、このときであった。

ここは知らぬ振りをして通り過ぎてやれと、二人を視野にとらえるも、隠密の素振りは行商人そのものである。

「……呑気《のんき》に茶など飲んでおる。かなりの手練《てだれ》のようだな、おれを目にしても眉一つ動かさんで話をしている。気配を殺しているのだろう」

志村坂下の茶屋の前で、両者の思惑が交差した。

隠密を先に行かせてから、十兵衛と猫目は茶屋をあとにした。

志村の坂を上れば、板橋宿は目と鼻の先だ。

板橋に入り上宿《かみしゆく》、仲宿《なかしゆく》をやり過ごし平尾宿へと十兵衛と猫目はやってきた。

「浦和のめし屋にいた若殿たちは、どこで盗まれた春画を見たんだろうな？」

「さあ、あっしに訊かれても……」

分かりませんと、猫目は首を振る。

やがて二人は、先日十兵衛が泊まった花月楼へとやってきた。もしかしたらと思い、十兵衛は旅籠《はたご》と書かれた花月楼の遣戸を開けた。

すぐさま仲居が奥から顔を出し、声をかけてきた。

「いらっさいませ。お泊りでやんすか？」

この仲居も訛《なま》っている。

――この娘も、飯盛女か。

どこか地方から売られてきた娘かと、十兵衛はまだ二十歳前とみえる仲居の顔をじっと見やった。

「あんらお客さん、あたいの顔になんかついてんか？」

「いや、違うんだ。女将《おかみ》はいるかい？」

はっと、気をもち直して十兵衛は訊いた。

「女将さんですか？　ちょっと待っててくださいな」

仲居が奥に入っていくと、入れ替わるように女将のお豊が中から出てきた。

「あら、お客さんは……？」

「先だっては厄介になったな」

「今夜もお泊りで……？」

また何かいちゃもんがあるのかと、お豊の顔は引きつりを見せている。

「いや、泊まらんから安心いたせ。ちょっと訊きたいことがあってな」

十兵衛は、浦和のめし屋で出会った若殿たち三人連れの人相を言った。

「そんな客が、ここに泊まらなかったか？」

「いえ、昨夜当方ではそのようなお客様は……」

首を傾げるお豊の様子に嘘はなさそうである。

「ならばいいんだ、邪魔をしたな」

花月楼を出た十兵衛と猫目の足は、別のところへと向かっている。

板橋宿の外れまで来ていた。すぐその先は滝野川村《たきのがわむら》である。

「どうだ猫目、隠密の奴は尾《つ》けているか？」

隠密の気配を感じたら、田村の屋敷には踏み込めない。

「今のところは、何も感じませんね。ずっとうしろのほうまで気にしているんですが」

志村の茶屋で先に行かせた。相手が先に板橋に着いていれば、どこかで待ち伏せをしていたはずだ。すでに追い抜いているかもしれないのだ。そのあたりの駆け引きが隠密との間にあると、十兵衛は踏んでいた。

板橋宿を通り越し滝野川村まで来ても、猫目にはそんな気配が感じられなかったと言う。

気配がなければ、隠密はその先をずっと歩いていることも考えられる。そうなれば、十兵衛たちには用がなかったことになる。しかし、どうしてもそう思えないのは、十兵衛の忍びとしての勘であった。

――いや、どこかの旅籠に入り、こっちの到着を待ち受けているのかもしれない。

いずれにしても、気骨の折れる隠密だ。

姿を消した隠密に、十兵衛はふーっと一つため息をついた。

田村の屋敷に踏み込み十兵衛は、主の三郎兵衛が抜き取ったと思われる春画の在り処を聞き出そうとの魂胆であった。だが、隠密の動向が気になる。

相手は幕府の隠密である。そんじょそこいらの忍びとは違い、相当な手練《てだれ》であろう。昨夜押し入ったときは、まったくその気配を感じさせなかっただけでも、その腕前は充分に伝わる。

迂闊《うかつ》な動きはできないと、十兵衛はすぐには田村の屋敷には行かず、一晩を先日泊まった老夫婦の旅籠に宿を取ろうと思った。

再度周囲を見回し、隠密の気配がないのをたしかめると、すばやい動きで二人は旅籠の中へと入った。

「あら、お客さん……」

件《くだん》の老いた女将が、二人を笑顔で出迎える。

「先だっての松の間は空いていますか？」

「ええ、空いておりますとも。それにしても、田村の奴をようやっつけておくれでしたねえ」

田村三郎兵衛に禍根《かこん》のある老夫婦は、先日十兵衛から田村の髷を切ったと聞いて、溜飲《りゅういん》が下がる思いとなった。どんなに感謝しても足らないくらいだと、夫婦して泣き崩れたものだ。そんなんで、十兵衛と猫目を見たときの老女将は、顔面皺《しわ》だらけにして笑みを浮かべていた。

先日と同じ二階の部屋を取ると一息入れる間もなく、二人して窓辺に立ち、外の通りを見やることにした。

夕七ツを報せる鐘を聞いたのが、志村の一里塚あたりであった。それからすでに、四半刻以上は過ぎているはずだ。

日は西にかなり傾いてきていた。

「あと四半刻も下を通らなかったら、すでに先を行っているであろうな」

念の入れすぎだったかと、十兵衛が苦笑いを浮かべたところであった。

「十兵衛さん、あれを……」

猫目が指差す先に葛籠《つづら》を背負った、商人の姿があった。見紛《まご》うものか、上尾宿から追いつ追われつを繰り返していた、隠密ではないか。

「なんで、今ごろここを通る……？」

十兵衛たちを追うにしては、かなりのときのずれがあった。まるで、行き先を知っているような、前を見据えた歩き方である。

旅籠の前を通り過ぎ、隠密は滝野川村へと入った。それでも歩みを緩めようとはしない。

「猫目、あとを尾けてみようぜ」

「がってんだ」

旅籠を出て、十兵衛と猫目は隠密のあとを追った。滝野川を通り越すも、隠密の足は止まろうとはしない。

茜《あかね》色に染まった夕日が、隠密の背中を照らす。一町離れていても、その姿を見逃すことはない。

「これは猫目、江戸に行ってしまうのかもしれないな」

と口にするも、十兵衛の首は傾げている。

――それにしても、不可解な動きであるな。

十兵衛が、そんなことを思った矢先であった。十兵衛と猫目は、思わず「あっ！」と、声を上げようとして自分の口を塞いだ。

隠密の足が、巣鴨村にある田村三郎兵衛の屋敷の前で止まったからだ。

「なぜだ？　なぜに田村を知っている……」

自らに問うのか、猫目に問うているのか十兵衛の心はどっちつかずであった。

「さあ、なんででしょうかねえ？」

猫目は自分に問われたと思い、十兵衛に返す。一町も離れたもの陰から様子をうかがっていると、やがて隠密は田村の屋敷へと入っていった。

「おい、入っていったぞ」

「様子を探ってきましょうか？」

「いや待て、猫目。今行っては危ないというか、相手は幕府の隠密だ。探っているものはおれたちではなく、押田藩のお家騒動だってことを忘れるな。どうせ春画が見つかったところで、その謎は解けはせんだろうよ。そんなんで、こっちが危ない橋を渡ることはないさ」

十兵衛の読みが正しいと思えたのは、それからいくらか過ぎたころであった。

「出てきましたぜ」

暮れ六ツ前で、あたりはまだ明るさが残る。一町先からも、はっきりとその姿をとらえることができた。

田村の屋敷から出てきた隠密は、中山道を江戸に向かって歩いていく。

「やはり、得るものはなかったようだな」

「何ごとも、なかったようで……」

「いや、かえってそれが怪しい」

江戸に向かう隠密を見るも、十兵衛は用心を重ねる。

「猫目、今夜は田村の屋敷に踏み込むのはよそう」

「あっしもそう思いますぜ」

罠が仕掛けられたかもしれないと、二人は案じた。

老夫婦が営む旅籠へと戻る。

五

旅籠の二階でいくら考えても分からない。

「どうして、隠密は田村の屋敷を知ったのだ？」

「それと、何をしに行ったのでしょうねえ？」

畳の上に寝そべりながら、十兵衛と猫目は天井の節穴を見つめ、半刻ほどずっと同じことを繰り返し呟きながら考えていた。

「いや、分からん……」

昨夜からのことを、思い出しながら考える。

「……上尾の旅籠で襲ったのは、あの商人風の男に違いない。声が同じだったからな。そこまでは、分かる。それが、幕府の隠密らしいということも」

十兵衛は、うなずいて自らの考えに得心《とくしん》をする。そして、上尾宿を発ったあとのことに考えを切り替える。

朝からの動きを辿った。

浦和宿の、めし屋でのことが思い出される。

「まったく、あれがなければ……」

半刻以上も待たされたうなぎ丼が癪《しゃく》に触り、十兵衛は憤《いきどお》りがぶり返してきた。おかげで不愉快極まりない三人の侍たちと遭遇し、事態は思わぬ方向にめぐったのである。済んでしまったことだと思ってはいても、腹立たしさはぬぐえない。

気持ちを切り替え、十兵衛はその先を辿る。

「あれから、猫目と話をしたな」

「うなぎを待たされてるときでしたね。あのときはたしか……」

書簡を盗まれたことを、相手に伝わるようにとあえて声を大きくして語った。

「あのとき猫目が言った……あっ、分かったぞ！」

にわかに十兵衛の声音が大きくなった。同時に寝そべっていた体を起こす。

「分かりましたですかい？」

猫目も体を起こして、訊いた。

「花月楼だぜ、猫目」

「花月楼……？」

猫目には、なぜに十兵衛が花月楼を口にしたのか分からない。

「あのとき猫目は……自分で言っていて分からないかな？」

「なんと言ったんで……あっ、たしか『平尾宿の花月楼で、今夜は楽しみますか？』なんて、言ってましたね」

「そんときの話は、相手を欺《あざむ》こうとしての語りだ。何気なく言ったことなんで、うっかり口にしたことすら気がつかずにいたんだ」

その花月楼という名が、相手の隠密の頭の中に入っていたのだと十兵衛は取った。

「先回りした隠密は、あのとき花月楼かその周辺にいて、おれたちが来るのを待っていた」

「なるほど。だったら、なぜに田村のところを？」

「花月楼で、聞いたのだろう。文五郎がいて、こと細かに経緯を話したのだろうな。文五郎としては隠密の味方につく。なんせ、飯盛女を生まれ在所に戻してしまったんだからな、こっちには恨みをもつだろうよ」

十兵衛の説に得心したか、猫目は大きくうなずきを見せた。

「だとしたら猫目、今夜は危ないぞ」

「隠密が来るってんですか?」

「ああ……」

覚悟しておけと、十兵衛は猫目に用心を促した。

そのとき、階下では——。

「いらっしゃいませ……お一人さまでございましょうか?」

「一人だが、今夜の宿を所望したい」

道中羽織を着込み、動きやすそうなたっつけ袴を穿いた旅装束の侍であった。

「よろしいですが、食事はありませんで……」

老婆の女将が応対をする。

「めしは食ってきた。寝るだけでよい」

「でしたらお二階へどうぞ。三間ありますが二部屋は塞がっておりまして、その向かいの『梅の間』が空いてますのでどうぞ」

「案内はせんのか？」

「生憎《あいにく》と腰と膝が痛いもので。どうぞ、勝手にお上がりになって部屋はご自由に使ってくださいませ」

「あい分かった。体は、いとえよ」

「ありがとうございます」

階段を上る足音を忍ばせる。

「気遣いのあるお侍さんだ」

それは別の間にいる客への気配りだろうと、階下にいる女将は上を見上げながら口にした。

侍は、廊下でも忍び足である。

向かいの二間並ぶ部屋の片方に明かりがついている。それぞれの部屋の戸口には札が下がっている。『松の間』『竹の間』『梅の間』とあった。

耳を澄ますと、松の間から小さく話し声が聞こえてくる。

――松の間か。

侍は心の内で呟くと、向かいの梅の間の襖を、音を立てずに開けた。

夜は深々と更けていく。

夜四ツの鐘が鳴って、久しい。日付けが変わる、真夜中の九ツになろうかとしていたころ。

松の間に忍び寄る人影があった。漆黒《しっこく》の闇でもずっと目を開けていれば、慣れてくる。しかも忍びである。夜でも目が利くための修練はしてきている。他人には見えない暗闇でも忍びの者ならば、差し支えのない動きができた。

竹の間も、明かりが消えている。隣部屋の客もぐっすりと寝入っただろうと、侍は踏んだ。

廊下を横切る間にも、侍はすでに小刀を抜いている。

片方の手で、そっと松の間の襖を開けた。

暗闇の中でも、二組の蒲団が少し離れた状態で敷いてあるのが分かる。

――これが男女の泊り客ならば、くっついているのだろうが。

余計なことを考えながらも、侍は片方の蒲団に近づく。それぞれ掛け蒲団がかかり、人が寝ているように盛り上がっている。

――どっちが、十兵衛だ？

十兵衛の名を知っている侍であった。

夜目は利くといっても、顔までは判別ができない暗さである。

――まあ、どちらでもよい。

一人に刃をあてて脅せば、言いなりとなるはずだ。

「……よし、こっちだ」

小さな呟きを漏らし、侍は枕元あたりに小刀の切っ先をあてた。

「おい、起きろ」

初めて声らしき声を出した。しかし、相手は起きる気配はない。蒲団を激しくゆするも、目を覚ますことはなかった。

――これはおかしい。

と、侍が思ったときであった。

ひんやりと、頬に当たるものがある。それが何かと気づいたときに、うしろから声がかかった。

「きのう上尾宿でおれを襲った賊だな？　商人の恰好から、こんどは旅侍か……」

起きろと言った侍の声に、覚えがあった。隠密と呼ばれる男であった。

この夜は十兵衛のほうが、隠密の頬に刀の刃をあてている。

「昨夜とは、逆だな」

十兵衛が言ったところで、部屋の中は明るくなった。猫目が燭台に載る蠟燭の明かりを運んで来たからだ。

「あんたのことを、幕府の隠密と見て取った」

「…………」

旅侍の恰好に扮した隠密は、一切口にすることはない。いざとなったら口に含む毒薬を咬む覚悟があるのが、忍びという者である。十兵衛も元は忍びであっただけに、そのあたりのことは心得ている。なるべく相手の心を刺激することなく、問い詰めることにした。

「答えたくなければ、答えなくてよい」

十兵衛が言うも、隠密に応答がない。だが、答がないのが答えであると読む。

「押田藩のお家騒動を探っているのだろうが、それはとんだお門違いだ」

隠密の体が、ピクリと動く。

「おれたちは押田藩の江戸家老から、あるものを運ぶのを頼まれた。それはなんであるのか分かるか？」

「密書であろう」

初めて隠密の口から答が出た。一度言葉を発すればしめたものだと、十兵衛は取っている。

「いや違う。荷の中に入っていたのは、春画といわれるものだ。極秘裏に運ぶよう頼まれたのだが……」

十兵衛は盗まれた経緯を、隠密に語って聞かせた。

「まさか、盗まれたとは言えぬだろう。そこでおれは惚けたのだが、枚数が少ないと言われた。たった十枚しかないとな……」

ここからは、偽りの口であった。

「おれたちは、巣鴨村組頭の田村三郎兵衛が絵を抜き取ったと思い、それを取り返しに来ただけだ。どうやらそれをへんな風に疑われ、上尾宿の旅籠で襲われた」

「拙者の勘違いだったと申すのだな？」

隠密のほうから問いが発せられた。

「左様。しかし、今夜も襲ってくると思ったぜ。なぜだか分からないが、そんな気配がしていた。まさか侍に身形《なり》を変えてくるとは思わなかったがな」

十兵衛の語りに得心をしたか、隠密の強張《こわば》っていた体から力が抜けたようだ。

「どうやら拙者の負けだ。もうおぬしたちを襲うことはせんし、このことからは手を引くから安心をいたせ」

「ならば、上尾宿で奪っていった書簡を返してくれ。あした江戸藩邸に届けねばならんのでな」

「分かった」

書簡は隠密の懐にあった。

「この書簡は、本物だったようだな」

「おれたちは、中身を知らん。なんて書かれてあった？」

「枚数が少ないのでもっとほしいと書かれてあった。おぬしの言うとおりだ」

十兵衛がでまかせに言ったのだが、それが奇《く》しくも偽の書簡の内容と一致した。

「春画のやり取りならば、こそこそとしたいのも無理はなかろう。とんだ押田藩のお家騒動だったな」

十兵衛は言葉に笑いを含ませ、ここで隠密の頬から刀を外した。

やはり隠密は、猫目の口から花月楼を知ったと言う。田村の屋敷を知ったのも、十兵衛たちの想像のとおりであった。

隠密は疑いを晴らすと、翌朝早く発っていった。

六

これで思いきり、春画の奪還に心血を注ぐことができる。

朝五ツを報せる鐘の音を聞いて、十兵衛と猫目は動き出す。特別に老女将が作ってくれた握り飯を頬張ったまま、田村三郎兵衛の屋敷へと向かった。

脇門は門がかかっておらず、押すと難なく開いた。

「物騒だな。賊が入ったらどうしようというんだ」

余計な心配を口にしながら、十兵衛と猫目は屋敷の中へと入り込んだ。

三郎兵衛と一郎太はまだ寝ているようで、雨戸はしまっている。

母屋の戸口も簡単に開く。

十兵衛と猫目は、忍び込むように中へと入った。草鞋《わらじ》を脱ぐのも面倒と、十兵衛と猫目は土足のまま上がった。

「三郎兵衛の部屋を覚えてるか？」

「いや、あっしは知りませんよ。行ったことがないですから」

先だっては、菜月とお玉の介抱をしていて、猫目は三郎兵衛の部屋には行っていない。平屋で二百坪ある家だ。十兵衛は廊下の途中で迷った。

「……ここだっけかな」

声をかけずに、いきなり襖を開けた。しかし、中には誰もいない。

「襖と障子を、片っ端から開けてったらいいんでは……」

猫目の提言に、十兵衛はうなずく。

襖と障子戸の桟が通し柱にぶつかり、音を立てる。カツンカツンと、三つも襖を開けば、音も奥へと伝わる。

「一郎太か？　朝っぱらからやかましいな」

三郎兵衛が廊下に出て、大声を飛ばした。

「あそこですぜ、十兵衛さん」

「そうだな……」

十兵衛と猫目が、三郎兵衛のもとへと向かう。

「あっ、おまえは！」

髷が結えず、うしろ髪は細紐で束ねてある。村を牛耳《ぎゅうじ》る組頭にしては、なんとも恥ずかしい髪型であった。

「ああ、あんたらの髷を切り落としてやった者だ。また来てやったぞ」

刀を抜いた十兵衛は、切っ先を三郎兵衛に向けて言う。

「門の閂ぐらい、かけておいたほうがいいぞ」

十兵衛が注意を促したところで、うしろから声がかかった。

「お父っつぁん、何か……あっ！」

障子戸を開けたと同時に、一郎太が驚きの声を発した。

身形からして、朝帰りのようであった。やはり、髪の毛はうしろに束ねてある。若者だけに、髷がなくてもまだ見られる。そんなんで、気にもせず外に出ることはできるようだ。

「そんな頭で、夜遊びでもしてきたのかい？」

皮肉を込めた口調で、十兵衛が問う。

「おめえらこそなんだ、土足で他人家《ひとんち》へ……」

精一杯の、一郎太のつっ張りである。しかし、伝法《でんぽう》な言葉を吐けるのも、ここまでであった。

「土足で上がられるようなことを、あんたらはしたんだろう？　だったら、文句を言えた義理じゃねえだろうが。おまえらのおかげで、こっちは命が危ねえんだ」

猫目が一郎太を一喝する。

「すいません……」

　殊勝となって一郎太が詫びを言った。

「そこに二人して並んで座れ。ちょっと頼みたいことがある」

「頼みたいことって……？」

　十兵衛の穏やかなもの言いに、むしろ三郎兵衛の顔が怯えをもった。

「ああ、そうだ。何を頼みたいのか、分かるようだな。だったら、素直に出してくれ。こっちも急いでるんだ」

「出せって、何をだ？」

「あれ？　惚けやがったな、この親父」

　猫目が、三郎兵衛の束ねたうしろ髪を引っ張って言った。

「分からないなら言おう。おまえらが盗んだ春画の数が、足りないと先方から言われた。それを返してもらいに来たのだ。さあ、出してもらおうか」

　だが、もじもじして二人は立ち上がろうともしない。

「どうした？　早く出さんか」

　十兵衛がもつ刀の切っ先が、三郎兵衛の鼻先一寸に近づく。

「その顔の真ん中に座った団子鼻を、今度はたたっ斬るぜ」

真顔でもって、脅しは本気と見せつける。

「ここにはない……」

観念したか、三郎兵衛の肩がガクリと落ちた。

「だったら、どこにある？」

「お代官のところにある」

豊島郡の代官に春画を進呈したと、三郎兵衛は言った。

「代官の家はどこだ？」

「志村の坂上にある。一里塚の近くだ」

「ならば、代官の家に案内をしろ」

こんな頭でかと、三郎兵衛は露骨にいやな顔をした。

「いや……お代官なら今、花月楼にいます」

一郎太が、脇から答えた。

「花月楼だと……？」

「昨夜から泊りでなにを……あの春画を差し上げてから、とみに飯盛旅籠に通うようになりまして。今なら、まだいるはずです」

一郎太が答えた。

「だったら倅でいい、一緒について来い」

十兵衛と猫目の間に一郎太を挟み、三人は花月楼へと足を向けた。

花月楼の泊り客は、大方宿を引き払ったようだ。

ただ一人残っているのは、豊島郡代官だけであった。名は、赤山土呂衛門《あかやまとろえもん》という。四十歳をいくらか過ぎたか、やせ面《づら》の目の吊り上がった狐顔であった。鼻の頭が赤く、いかにも好色そうな性格が面に表れている。

その赤山が、文五郎とお豊がいる帳場へと顔を出した。

「赤山様、昨夜の娘はいかがでございましたかな？」

問うたのは、文五郎であった。

「いやあ、堪能したぞ。お豊、あの絵をもう一度出してくれんか」

「また見るのですか、お代官様。まったくお好きでございますねえ」

「いいではないか。なんのためにここに預けてあると思う？　自分のものを好きなときに好きなように見られんではつまらん。さあ、早く出せ」

赤山から急《せ》かされ、お豊は手文庫の中から四枚の春画を取り出した。

「春川歌喜世の春画ってのは、まことに堪らんな」

四枚の絵を畳に並べ、そのうちの一枚を手にする。

「この絵のとおりに、きょうはやってみた」

男女の絡みの姿態を真似たという。

「まあ、いやらしいお代官様」

顔を背けて、お豊は言った。

「いやらしいことはなかろう。男女の営みは、ごく自然のことだ。そうだ、文五郎。あの娘はいるか？」

「あの娘とは……？」

「わしの好みの、ほれあれじゃ。おつうとか申したかの」

「はあ、おりますが……」

「絵を見ていたら、またしたくなった。今度は、この姿態でいくとするかの」

別の一枚を手にすると、赤山がにやけた顔で言った。

朝っぱらから公務をほっぽりだし、廓《くるわ》遊びに夢中になっている代官であった。

「かしこまりました。孔雀《くじゃく》の間に床をのべますので……」

お豊が蔑視する目つきをして返したところであった。

「文五郎親分はいるかい？」

帳場の中に声を投げたのは一郎太であった。

「その声は、一郎太か？」

答えたのは、赤山であった。

「お代官様……」

一郎太の声が、うしろに立っている十兵衛に聞こえた。

「……代官はいるようだな」

十兵衛は呟くと、一郎太の背中を押した。つんのめるように、帳場へと入る。

「また舞い戻ってきおって、一郎太。まだ女とやり足りんと申すのか？」

「いえ、お代官様」

そんなやり取りを聞いてから、十兵衛と猫目は帳場の暖簾を潜った。

「邪魔するぞ」

十兵衛が口にし、猫目は畳にある春画に目が釘づけとなった。

「絵がありましたぜ。あれですかい？」

「ああ、無事に四枚ある。さあ、その絵を返してもらおうか」

「なんだと、下郎《げろう》。誰に対して口を利いておる」

赤山が十兵衛に、口で抗った。

「豊島郡の代官であろうが。そいつはおれのものだ、おとなしく返してもらおう」

「いや、ならぬ。これは大枚三十両を払って、買ったものだ。となると、もうもち主はわしということになる。もはや下郎のものではないから、このまま下がれ下がれ、下がりおれ！」

外にまで届くほどの、赤山の怒鳴り声であった。

「何を頓珍漢《とんちんかん》なことを言ってやがる、この助平代官は。巣鴨の田村三郎兵衛って組頭からの貢物だろう？」

猫目が十兵衛の肩越しに、口を出した。

「いや、これはわしのものだ、誰にも渡さん。おい、文五郎こいつをなんとかしろ。おまえ、一家の親分だろうに」

赤山が文五郎をけしかける。

「はあ、お代官様……」

長脇差を抜いたものの、十兵衛の剣の腕を知っている文五郎の腰は引けている。その引け腰で、十兵衛のわき腹を狙って突いた。三寸の幅で、十兵衛は身をそらすと、腰に差した鉄扇を抜いて文五郎の小手《こて》を打った。

激痛に呻き声を上げて、もんどりうつ。

恐れ戦《おのの》き、一郎太が身を翻《ひるがえ》して逃げようとする。それは、猫目が許さなかった。当身《あてみ》を鳩尾《みぞおち》に食らい、その場に倒れ込んだ。

「だらしない者どもだ」

文五郎たちを蔑《さげす》むと、赤山は四枚の絵を重ね、その上に覆いかぶさった。

「誰にも渡さん……」

「しょうがねえ代官様だな。あんたもこの一郎太の頭のようになりたいのか？」

春画に覆いかぶさる体を捻り、一郎太を見やる。

「こんな頭じゃ、代官として恥ずかしいんじゃねえのか？」

「何があろうと、この絵は渡さん」

一途《いちず》な赤山土呂衛門であった。

「渡すくらいなら、破り捨ててやる」

赤山は立ち上がって言う。四枚の絵の中ほどを両手でもち、本気で破こうとの構えであった。

「破けば、もう用はなさんであろう」

春画が破られたら、十兵衛としても申し開きができず、責を負わされ腹を召さなくてはならなくなる。赤山は春画を人質の代わりとした。

油汗をかいているのは、猫目のほうであった。だが、十兵衛は動じない。

「破いたってかまわん。しかし、その瞬間にあんたの体も真っ二つだぜ」

十兵衛は刀の柄に手をかけ、威嚇をする。

「そんな脅しには、乗らんぞ。郡代を斬ったとしたら下郎、おまえこそあの世行きだということを忘れるな」

怯《ひる》むかと思ったが、代官の赤山も一歩も引かない。

「分かった、そのままにしていろ」

十兵衛は半歩足を前に送り、赤山との間合いを計った。カチッと鯉口《こいぐち》を切る音がしたかと同時に一閃の光を発し、摂津の刀工丹波守吉道作の銘刀が振り落とされた。

一瞬の出来事に、声すら発する者はいない。

代官赤山がもつ春画は四枚とも真ん中から切り裂かれ、男女の営みを描いた絵は、無残にも引き離された。

「十兵衛さん……」

何をしたのだと、猫目の顔は引きつっている。

だが、さらに驚愕するのはすぐそのあとである。

赤山土呂衛門を見やると、締めていた帯がパラリと音を立てて落ち、着ている紬《つむぎ》織《おり》の小袖と襦袢《じゅばん》まではだけ、その奥に着けてあった褌《ふんどし》までもがすでに畳の上に落ちている。

赤山の、あられもない姿にお豊は目を逸らす。

赤山はもっている絵を手から離すと、はだけた小袖の襟をがっちりと合わせた。

「猫目、絵を拾ってくれ」

「こんなにしちまって、いったいどうするんです？」

狼狽しながら、猫目は八枚に裂けた春画を拾った。

「ところで訊きたいが、この絵をきのうかおととい誰かに見せたか？」

十兵衛が、部屋の隅でブルブルと震えているお豊に問うた。

「誰かといいますと？」

襟《えり》を押さえながら、お豊が問い返す。

「よしんば、三人の侍にだ」

「いえ、誰にも見せませんが……」

お豊が、震える声で答を口にする。

「きのうの夜はお代官様も来られませんでしたし、絵はずっと手文庫の中に……」

あったはずだと、お豊は首を捻って言った。嘘はなさそうである。

「こんなにはどぎつくはありやせんが、遊郭だったら春画くらいはどこでももってますぜ。ただし、刷り物ですがね」

客を奮い立たせるために、春画を用意している旅籠はいくらでもあると、文五郎は顔をしかめながら言った。

「それとこの数日、三人連れのお武家さんはお泊りになってませんが……」

浦和宿のめし屋にいた若殿風と供侍たち三人は、花月楼の客ではなかった。

お豊の話に十兵衛は得心をするものの、心の内に引っかかるものがあった。

――もしかしたら、あの三人は……？

七

裂かれた春画を、老夫婦が営む旅籠にもち帰る。

「十兵衛さん、絵をこんなにしちまってどうするんです？」

松の間に戻って、猫目は再度訊いた。

「困ったよなあ。これじゃ、返すことができない」

しかし、十兵衛の顔に困惑の色は見えない。何か、含むことがありそうだ。

真ん中から裂かれた四枚の絵を、つなぎ合わすことなく十兵衛は畳の上に広げた。そして、片割れをまとめると脇にどかした。畳には半分となった四枚の絵が残る。その絵には、それぞれ文字が書かれてあった。

十兵衛の目は、文字に向いている。やがて十兵衛は、懐深くしまった書簡を取り出すと、封緘を解いて広げた。

「そんなことをして、よろしいんですかい？」

預かった書簡を広げて見るというのは、許されざる行為である。そんな十兵衛のおこないを、猫目は不安げになって訊いた。

「ああ、かまわぬ」

意にも介さず、十兵衛の目は書簡と春画を往復した。

「……なるほどなあ」

ときどき、呟きも漏れる。

「いったいそこには何が書いてあるんです？」

「まあ、猫目も読んで考えてみな」

十兵衛の落ち着き払った口調に、猫目もいく分安心を取り戻す。

まずは猫目は、春画に書かれた文字を読んだ。

「なんですかねえ？　この『こうきけいごはふた』ってありますが……」

「まあいいから、先を考えな」

十兵衛は自分の考えを明かさず、猫目に解読を促した。さらに猫目は片割れの春画に目を皿のようにして向ける。絵のほうには見向きもしない。

「……はつかのあけがた、よくじつのゆうか。さっぱり分からねえ」

首を捻りながら、もう一枚を読む。

「うちはたさんといま……か。これはなんとか分かりそうだ」

猫目が絵のほうを読み終わる。

「押田藩に届けた十枚にも、同じような文字が書かれてあった。つまり、その文字を全部つなぎ合わせると、一つの文ができ、お家騒動の根幹が浮かび上がるはずだ」

「なるほどねえ……」

感心した面持ちで、猫目が答える。

「その重要な部分が抜けていて、次男の直春には判読が不能となった。その部分を入れ忘れたのだろうと、江戸家老横島玄馬に問うたのがその書簡だ」

本物の書簡に書かれた要旨は、次のようなものであった。

――春川歌喜世の春画を十枚受け取ったが、どうも足りないようだ。直継が江戸を出るのは分かったが、いったいいつであるか書かれていない。鴻巣にはいつ来るのかも知れず、絶好の好機が分からない。警護の者はどうなっている？

こんなに長い文章ではないが、四枚にあった文字と書簡の内容から、直継暗殺の企てを十兵衛は読み取った。

「もしや、あの浦和宿の三人は……？」

「三人のうちの一人は、阿部野直継かもしれん。相当に横暴な男だと聞いていたしな」

江戸を出立した直継たちが板橋の飯盛旅籠に泊まり、浦和で昼めしを食し少し無理して急げば、鴻巣までは行ける。行程としては合致する。

「はつかのあけがたと書いてあるが、それが江戸を出立するときだとすれば、今ごろはすでに……」

「押田城に入っているころだ。兄の直継を見て弟の直春も、さぞかし驚いていることだろう。それと、焦ってもいるはずだ」

「どうして、焦ってると？」

「この書状が江戸の家老に届いたら、さらに密書のやり取りをせねばならない。幕府の隠密が入っていたくらいだぜ。企てが失敗に終わり、ことをうやむやにしたいがそれも叶《かな》わずあとを引きずる。直春と家老の二人が描いたお家騒動の図が、露見するとも限らんからな」

それを恐れるだろうと、十兵衛は言葉を添えた。

「それとだ、これでおれたちも助かったぜ」

十兵衛の言っていることが分からないと、猫目は首を傾げる。

「どういうことで……？」

「こんなものが隠密の目に晒されていたら、阿部野家は断絶になっただろう。おれたちは未然にそれを救ったってことだ。こいつがなくなりさえすれば、しばらくは阿部野家も安泰だ。だが、この後新たな策を練って直継暗殺を企てるかどうか、それはなんとも言えんがな」

「代官の赤山が名のとおり、とろかったのが幸いしましたね」

猫目が、赤山土呂衛門の名を思い出して言った。

「あの野郎は、絵のほうしか見ていなかったからな。四枚に書かれた文字を読んでいたら、これは含みのある春画だと気づいただろうよ。あいつは、たしかに自分の手で破こうとしていた。それで自分のものにして、あとから貼りつければいいと。どうせ破くのなら、おれの手でと思ってな。そうすれば、返してもらえるだろう……それが分かったので、おれは春画をぶった斬った」

　十兵衛の語りはここまでであった。

「それじゃ猫目、そろそろ芝に帰るとするか」

「そうですねえ」

　芝に戻る支度をして、十兵衛と猫目は松の間をあとにする。

　中気で寝ている夫の介護に余念のない、老女将に十兵衛が声をかけた。

「引き揚げますんで、勘定をしてくれませんか？」

「さようですか、寂しくなりますねえ。また板橋にいらしたときは、ぜひ立ち寄ってくださいな」

　宿賃を精算したら、宿には用がない。だが、すぐに立ち去る様子は十兵衛にはなかった。

「最後にちょっと頼みがあるんだが……」

「なんでございましょう？」

「竈《へっつい》を貸してもらえんかな」

「かまどをですか？　そりゃかまわんですが……」

何を燃やすのだと、老女将は訝しがった。

「いや、ちょっとしたものです」

十兵衛は竈を借りると、引き裂かれた春画と正と偽の書簡を焚口《たきぐち》につっ込んだ。種火を木屑《きくず》に移し、火をつける。

春画と書簡が灰になるのを見届けると、十兵衛は立ち上がった。

『直継様の素行なおも芳《かんば》しからず　ときは今　打ち果たさんと立ち上がるとき来たる江戸から出るのが二十日の明け方　翌日の夕鴻巣にて狙うが絶好の好機　警護は二人だけなり　刺客を差し向け武運を祈るが候』

春画に書かれていた一文をつなげるとこう読めたが、誰も通しで読んだ者はいない。

「これですべては闇の中に消える。直継が城に入った今では、かえって不要なものとなったからな」

押田藩の江戸藩邸に立ち寄ることなく、十兵衛と猫目は芝へと足を向けた。

江戸に戻った十兵衛と猫目は、銀座町にある武蔵野屋に立ち寄ると、堀衛門に任務遂行の報告をした。

「荷物は問題なく、押田藩に届けました。江戸藩邸の横島様には、そうお伝えください」

「それはご苦労様でございました」

堀衛門から、労《ねぎら》いの言葉を受ける。

「猫目さんたちが、行ったり来たりして何があったのかといささか心配になりまして、箕吉を行かせたのですが……」

その言いわけを、十兵衛は考えていなかった。問題は大有りである。堀衛門の問いに答えていたとしたら、十兵衛の口はしどろもどろになっていたかもしれない。だが、すぐそのあとに堀衛門から出た言葉に、十兵衛と猫目はほっと安堵する。

「十兵衛さんたちが盗まれた荷を無事に取り戻したと、箕吉からの報告がありまして……それにしても、よかったですな」

「ご心痛をおかけしました」

十兵衛は口では謝り、内心では箕吉に感謝をしていた。

武蔵野屋をあとにして、芝源助町のうまか膳へと立ち寄る。

「ご苦労様でした」

五郎蔵と菜月が、二人を労う。

その夜、酒を呑みながら十兵衛はすべての経緯を、五郎蔵と菜月に語った。

「春画が盗まれなければ、今ごろ押田藩は……」

聞き終えた五郎蔵が口にする。

「隠密の口から大目付に、押田藩のお家騒動が伝わっていただろう」

「すったもんだしながらも、押田藩は救われたってことですな」

「そういうことだ」

十兵衛と五郎蔵のやり取りで、押田藩の一件はそれまでとなった。

「ところで、猫目……」

菜月が猫目に話しかける。

「なんです？」

「先日、飯森藩のお侍が二人して塩鮭定食を食べに来てね、話を聞いちゃったのさ」

「なんて話をしてました？」

「九兵衛という浪人は、もう江戸にはいないとかなんとかって……」

「そうなると十兵衛さんを探さなくてもすみますね。これで安心して、長屋に帰れます」

猫目はほっと安堵の息を吐いた。そして、明日にでも飯森藩に報告に行こうと思っていた。

飯森藩主皆川弾正と大諸藩主仙石紀房への意趣返しは、片ときも忘れてはいない。次はどの手でいくかと考えるも、その道のりはまだまだ遠そうだ。本当の春はいつやってくるのだと思いつつ、十兵衛はぐっと一息に酒を呷《あお》った。

「これですべて……」

時代小説
二見時代小説文庫

そいつは困《こま》った　陰聞《かげき》き屋《や》　十兵衛《じゅうべえ》5

著者　沖田正午《おきだしょうご》

発行所　株式会社　二見書房
東京都千代田区三崎町二―一八―一一
電話　〇三―三五一五―二三一一［営業］
〇三―三五一五―二三一三［編集］
振替　〇〇一七〇―四―二六三九

印刷　株式会社　堀内印刷所
製本　ナショナル製本協同組合

落丁・乱丁本はお取り替えいたします。
定価は、カバーに表示してあります。

ISBN978−4−576−14053−7
http://www.futami.co.jp/